Wszystkie BDSM

Trylogia Uległej Kobiety
Szefa Kuchni

Erika Sanders

Wszystkie BDSM
Trylogia Uległej Kobiety Szefa Kuchni

Eryka Sanders

Wszystkie BDSM

Streszczenie

Składa się z następujących powieści:
  Uległej Kobiety Szefa Kuchni 1
  Uległej Kobiety Szefa Kuchni 2
  Uległej Kobiety Szefa Kuchni 3

Wszystkie BDSM to powieść z silną erotyczną treścią BDSM i ponownie jest nową powieścią z **Dominacja i erotyczne poddanie,** serii powieści o wysokiej romantycznej i erotycznej treści BDSM.

(Wszystkie postacie mają ukończone 18 lat)

Uwaga do autora:

Erika Sanders jest znaną na całym świecie pisarką, która została przetłumaczona na ponad dwadzieścia języków i, z dala od swojej zwykłej prozy, podpisuje swoje najbardziej erotyczne pisma swoim panieńskim nazwiskiem.

indeks

WSZYSTKIE BDSM
TRYLOGIA ULEGŁEJ KOBIETY
SZEFA KUCHNI
ERIKA SANDERS

ULEGŁEJ KOBIETY SZEFA KUCHNI

13

CZĘŚĆ PIERWSZA
WZAJEMNA ZGODA

15

ROZDZIAŁ 1

List był błogosławieństwem.

Ledwo mogła powstrzymać łzy.

Cristina właśnie skończyła studia kulinarne, a jej nowy biznes cateringowy miał trudny start.

Stał w swoim małym mieszkanku i przeglądał każde słowo odręcznego listu.

Droga Cristino,

Mam nadzieję, że ten list do Ciebie dotrze. Wybacz, ale nie korzystam z poczty. A ja generalnie nie lubię telefonów. Wyszedłem z mody.

Jestem znajomym twojej matki. Kilka tygodni temu spotkaliśmy się krótko na przyjęciu u wspólnego znajomego. Twoja mama od niechcenia kilka razy wspomniała o twojej firmie cateringowej. Myślałem o tym i brzmi ciekawie. Nigdy wcześniej nie wynajmowałem cateringu.

Jeśli jesteś zainteresowany nowym klientem, skontaktuj się ze mną, a może dojdziemy do porozumienia. Jestem okropną kucharką. I słyszałem, że jesteś bardzo dobry.

Życzę powodzenia i powodzenia w biznesie,
Paweł

W końcu pomyślała. Szczęście zaczęło mu sprzyjać.

ROZDZIAŁ 2

Tydzień później.

Cristina jechała przez zamożną dzielnicę swoim poobijanym starym samochodem.

Wyraźnie przyciągał uwagę, ale nie dbał o to.

Byłem szczęśliwy, że znalazłem się w tej okolicy w poszukiwaniu potencjalnej pracy.

Zaparkował przy wjeździe pod wskazany adres.

Nie miałam pojęcia, jak wygląda Paul.

Ich jedyną prawdziwą interakcją był krótki telefon w celu ustalenia spotkania.

Krystyna zapukała do drzwi.

Odpowiedziała starsza czarnoskóra kobieta.

Kobieta miała na sobie strój pokojówki.

Kobieta zachowywała się dziwnie cicho, gdy patrzyli na siebie.

- Cześć - powiedziała niezręcznie Cristina. – Przyszedłem zobaczyć się z Paulem.

Stara Murzynka skinęła głową.

"Chodź tu."

Cristina weszła, a pokojówka zamknęła drzwi.

Pokojówka poprowadziła ją po schodach dość dużego domu.

Cristina rozejrzała się dookoła oczami pełnymi zazdrości.

Wszystko było stare, ciemne i rustykalne.

Wszędzie były antyki.

Na ścianach wyeksponowano klasyczne malowidła.

Dotarli do korytarza i pokojówka otworzyła drzwi po pierwszym zapukaniu.

Cristina weszła, potem pokojówka wyszła.

Był to pokój biurowy.

Paul siedział za biurkiem i pracował.

Był przystojnym mężczyzną po czterdziestce.

Miał kamienny wyraz twarzy, którego nie można było odczytać.

Jego twarz była idealna do pokera.

Jego twarz pozostała bez wyrazu.

– Proszę usiąść – powiedział.

Cristina była onieśmielona jego obecnością i własnym brakiem doświadczenia w biznesie.

Nigdy wcześniej nie zawierał transakcji.

Usiadła przy swoim biurku.

"Musisz być nowy w tej branży" powiedziała.

"Dlaczego to mówisz?"

„Wyczułem twoje zdenerwowanie, kiedy wszedłeś. Powinieneś spróbować się zrelaksować. Nie martw się, jestem tutaj, aby ci pomóc we wszystkim, czego potrzebujesz".

Uśmiechnęła się niezręcznie.

"Będę o tym pamiętać."

„Dobrze. A teraz opowiedz mi o swojej firmie cateringowej".

- Cóż, to wciąż całkiem nowe - powiedział po chwili zastanowienia. "Mogę przygotować posiłki zgodnie z Twoimi preferencjami. Jeśli potrzebujesz cateringu na imprezę, mogę zatrudnić dodatkowe osoby. Mam wielu przyjaciół ze szkoły gastronomicznej."

– To nie będzie konieczne. Wolę, żebyś pracował sam. W ten sposób jest mniej problemów.

Krystyna skinęła głową.

– Przypuszczam, że mieszkasz sam i chcesz, żebym przygotowywał ci posiłki.

"Bardzo mądry."

– Miałeś na myśli jakąś konkretną umowę?

- To zależy – odparł Paul. „Jesteś zajęty? Czy jesteś zajęty?"

Posłała mu zawstydzony uśmiech.

- Wręcz przeciwnie. Jesteś moim pierwszym prawdziwym klientem. Tu i ówdzie zrobiłem małe rzeczy. Głównie dla przyjaciół mojej matki, którzy wyświadczyli mi przysługę.

„Chcesz darmowej porady biznesowej? Nigdy nie ujawniaj słabości. Nie brzmi to dobrze".

- Och, jasne. Zapamiętam.

– Co do umowy – odparł Paul. „Czy mógłbyś przygotować dla mnie posiłki? Obiad i kolację".

– Jasne. To nie będzie problem.

„Wspaniale. Chciałbym, aby moje posiłki były dostarczane do mojego domu punktualnie o 11:30. Od poniedziałku do piątku".

– Oczywiście – zgodziła się.

„Ta umowa będzie obowiązywała co najmniej przez kilka następnych miesięcy. Każde z nas ma możliwość anulowania umowy w dowolnym momencie. Zrozumiano?"

"Tak, rozumiem."

"Doskonały."

„Czy masz jakieś preferencje żywieniowe?" – zapytała Krystyna. "Moje specjalności to francuski, włoski i różne style azjatyckie..."

Potrząsnął głową.

– To nie ma znaczenia. Po prostu przyprowadź ją na czas.

"Dobrze."

„Porozmawiajmy teraz o liczbach. Jak brzmi dla ciebie 100 dolarów dziennie? Czy to sprawiedliwe?"

Oczy Christiny rozszerzyły się.

Praca i zaoferowana kwota były znacznie większe, niż się spodziewał.

Zdała sobie sprawę, że musiała wyglądać głupio z wyrazem twarzy szczeniaczka, więc odzyskała spokój.

– To brzmi rozsądnie – odparł spokojnie. „Tak, w porządku".

„Więc postanowione. Czy możesz zacząć od jutra?"

„Nie ma problemu. Ale czy na pewno nie chcesz najpierw spróbować mojej kuchni?"

„Szczerze mówiąc, nie obchodzi mnie, jak smakuje jedzenie. Chodziłeś do szkoły gastronomicznej. To mi wystarczy. Nie chcę martwić się jedzeniem, kiedy pracuję".

Krystyna skinęła głową.

„Ok. Rozumiem. Czy mogę zapytać, czym się zajmujesz? Twój dom jest piękny. Uwielbiam rustykalną atmosferę".

„Robiłem w życiu wiele rzeczy. Obecnie jestem handlarzem dzieł sztuki. Handluję też rzadkimi antykami. W tej chwili skupiam się na pisaniu".

"Co piszesz?" zapytała.

„Kilka wspomnień. Nie twierdzę, że jestem kimś sławnym ani ważnym. Ale mam kilka historii, którymi chciałbym się podzielić. Byłoby szkoda, gdyby nikt ich nie słyszał. Pracuję też nad kilkoma książkami beletrystycznymi".

„Och, brzmi interesująco. Może kiedyś uda mi się je przeczytać. Uwielbiam czytać biografie i wspomnienia".

Paweł uśmiechnął się lekko.

– Nie sądzę, żebyś był zainteresowany.

"Dlaczego nie?"

– To przypuszczenie. Ale kto wie? Czasami się mylę w tych sprawach.

- Okej - Cristina niezręcznie skinęła głową.

Paul wstał i podszedł do Cristiny.

Zrozumiała i również wstała.

Paul był od niej prawie o stopę wyższy.

Jego sylwetka górowała nad szczupłym i drobnym ciałem Cristiny.

Wyciągnął rękę i uścisnęli sobie ręce.

- Oficjalnie mamy umowę - powiedział. „Oczekuję pierwszego zestawu posiłków jutro o 11:30 rano. Nie spóźnij się. Nie toleruję nieposłuszeństwa".

Przełknęła.

"Tak jest."

ROZDZIAŁ 3

Cristina nadal była pod wrażeniem spotkania z Paulem.

Położył się na łóżku i spojrzał w sufit.

Oferta wydawała się zbyt piękna, aby była prawdziwa.

To było prawie niewiarygodne.

Ale bał się, że to był okrutny żart, pomyślał.

Wzięła telefon i zadzwoniła do mamy.

Jego matka zawsze odbierała jego telefony po kilku dzwonkach.

Kiedy odebrała telefon, Cristina nie marnowała czasu, wyjaśniając jej wszystko.

Nie oszczędzono żadnego szczegółu.

Cristina opowiedziała matce wszystko o ofercie i wszystkich uczuciach, jakie towarzyszyły jej poznaniu Paula.

– To wspaniale – odparła matka.

„Wiem. To szaleństwo, prawda? Ale nie uwierzę w to, dopóki twoje pieniądze nie będą w moich rękach. Do tego czasu wyobrażam sobie najgorsze".

„Skup się na pozytywnych myślach, Cristino. Twój biznes w końcu nabiera rozpędu".

„Mam nadzieję, że tak. Mam na myśli 100 dolarów dziennie za dwa posiłki? Nawet jeśli zwolni mnie w przyszłym tygodniu, nadal będę zadowolony, że zarobiłem tyle pieniędzy".

– Nie martwiłbym się tym.

"Co masz na myśli?" – zapytała Krystyna.

„Najwyraźniej Paul ma dobre rezerwy finansowe".

– Zauważyłem. Jego dom był jak muzeum.

„Masz to. Nie musisz się martwić, że jego finanse się skończą. Po prostu uszczęśliwiaj go wspaniałymi posiłkami, wspaniałą obsługą i nie spóźnij się".

– Co wiesz o tym facecie? Cristina zapytała poważniejszym tonem. – Wydaje się to trochę dziwne, prawda?

Jego matka zamyśliła się na chwilę.

„W pewnym sensie. Spotkałem go tylko raz na imprezie. To bardzo mądry facet. Bez bzdur.

„To na pewno on" – zażartowała Cristina.

- Nie lekceważ go jednak. Najwyraźniej czaruje kobiety.

"Naprawdę?"

„Tak słyszałem. Upewnij się, że trzymasz się z dala od jego nieodpartego uroku" – zażartował.

– Bardzo zabawne – odparła Cristina. „Zdecydowanie nie w moim typie. Za stara. I za nudna".

„Cieszę się, że twój biznes ma się świetnie".

"Zobaczymy."

„Skup się na pozytywnych myślach, Cristino".

ROZDZIAŁ 4

Mijały tygodnie.

Cristina przygotowała już dziesiątki posiłków dla Paula.

W tym czasie zarobiła tysiące dolarów.

Codzienna rutyna była zawsze taka sama.

Wstań wcześnie rano.

Kucharz.

Umieść wszystko ostrożnie w pojemnikach.

Zabierz go do domu Paula przed 11:30 rano.

Nigdy się nie spóźnij.

I nigdy nie bądź nieposłuszny.

Pewnego dnia Cristina została poproszona o przygotowanie obiadu, który przyniosła, na talerzu w kuchni.

Tak też zrobiła.

Po raz pierwszy wykonałem zadania w kuchni Paula.

Była dumna ze swojego jedzenia.

Wiedziała, że smakuje wyśmienicie, chociaż Paul nigdy jej tego nie komplementował.

Zszedł na dół w zwykłym ubraniu.

Jak zwykle jego twarz była prawie bez wyrazu.

Spojrzał na jedzenie rozłożone na stole w jadalni i nie zadał sobie trudu, żeby to skomentować.

— Czy mam już iść? – spytała niepewnie Cristina.

– Zostań na chwilę. Jest coś, o co chcę cię zapytać.

"Dobrze."

Paul siedział przy stole w jadalni, podczas gdy Cristina stała.

„Jakie inne usługi oferujecie?" spytał. „Poza gotowaniem".

Cristina była zaskoczona i nie ustępowała.

Przygotował się na dalsze postępy.

Byłem przygotowany na molestowanie seksualne.

"Zapewniam uczciwy catering. Gotuję wykwintne posiłki. To wszystko. Jeśli szukasz innych usług, sugeruję poszukać gdzie indziej."

"A czemu to?" — zapytał surowo.

- Szczerze mówiąc, nie jesteś w moim typie.

– Ty też nie jesteś w moim typie.

Poczuła się jeszcze bardziej urażona.

„Słuchaj, myślę, że nasz układ działa dobrze. Niech tak zostanie. Nic innego nie zadziała".

– Myślisz, że proszę o przysługi seksualne? spytał.

Krystyna zamarła.

— Czy to nie tak?

„Nie wierzę w to".

Jego twarz zrobiła się czerwona jak burak.

— Och, przepraszam pana.

- Zapomnij – odparł. „Pytam, ponieważ moja pokojówka wkrótce przejdzie na emeryturę. Jeśli masz więcej czasu, może mógłbyś mi pomóc w moich obowiązkach sprzątających".

"Co powinienem zrobić?"

„Nic trudnego. Umyj naczynia. Utrzymuj wszystko w czystości".

– Będę musiał to przemyśleć.

„Oczywiście, zostanie pan dobrze wynagrodzony" – odpowiedział. - I nie martw się, nie poproszę cię o seks. Nie jesteś w moim typie.

Znowu się zarumieniła.

„Przepraszam za wcześniej. Ale rozważę to. Dlaczego nie?"

„Rozważ ofertę. Moja praca idzie gładko i byłbym wdzięczny za pomoc w utrzymaniu domu".

– Nie wychodzisz zbyt często, prawda?

„Już podróżowałem po świecie i widziałem wszystko" – odpowiedział. „W tej części mojego życia skupiam się na pisaniu. Czasami wychodzę. Nadal uwielbiam ćwiczyć. Ale nie chcę martwić się o prowadzenie domu. Wydajesz się zdolną młodą kobietą, więc oferuję ci dodatkowe praca."

Krystyna skinęła głową.

– To bardzo hojne z twojej strony.

„Za dodatkowe pieniądze możesz kupić sobie nową garderobę i nowy samochód".

Poczuła się trochę zirytowana tym komentarzem.

„Rozumiem. Potrzebuję pieniędzy. Nie musisz ich wciskać".

— Nie próbowałem.

„Dobrze. Zrobię to. Zrobię dla ciebie trochę dodatkowego sprzątania".

– Doskonale – odpowiedział z rzadko spotykanym uśmiechem. – Później omówimy podłogę.

Podeszła do Paula i wyciągnęła rękę do uścisku.

Paul wstał jak dżentelmen i uścisnął jej dłoń.

Umowa została zapieczętowana.

CZĘŚĆ DRUGA
ZAMKNIĘTE DRZWI

ROZDZIAŁ 5

Cristinie udało się znaleźć kilku innych klientów do drobnych zleceń.

Ale większość swojej pracy wykonywała dla Paula.

Przygotowywała im posiłki każdego dnia tygodnia.

Z czasem zaczęła dla niego więcej pracować.

Za dodatkowe pieniądze wykonywała drobne prace porządkowe.

Cristina zawsze była chaotyczną osobą w domu, więc ironiczne było to, że wykonywała prace domowe za kogoś innego.

Ale pieniądze były dobre, więc go to nie obchodziło.

Naczynia musiały być czyszczone i układane w określony sposób.

Okna musiały być nieskazitelne.

Meble musiały być wolne od kurzu.

Paweł sam czyścił podłogi.

Paweł był bardzo specyficzną osobą.

I te cechy czasami wytrącały Cristinę z równowagi.

Ale pieniądze były dobre.

W pewnym sensie Cristina była dumna, że pomogła Paulowi.

W jakiś dziwny sposób czuł, że pomaga Paulowi osiągnąć jego cel, jakim jest pisanie jego książek.

Dbała o niego jako o osobę.

ROZDZIAŁ 6

Stół w jadalni był schludny.

Obiad był gotowy.

Cristina spojrzała na talerz i podziwiała swoje piękne dzieło.

Szkoła kulinarna się opłaciła.

Nie mógł się doczekać, aż Paul spróbuje, mimo że Paul nigdy nie prawił komplementów.

Paul wyjątkowo spóźnił się na lunch.

Nigdy się nie spóźniał.

Drzwi na piętrze były lekko uchylone i Cristina słuchała, jak wściekle używano klawiatury.

Wiedziała, że wciąż jest zajęty.

Szła w stronę schodów i zastanawiała się, czy powinna do niego zadzwonić, czy nie.

Nie chciała przerywać pracy.

Ale wiedziała, że Paul był człowiekiem, który potrzebował porządku.

Może straciłeś poczucie czasu?

Wtedy ją zobaczyła.

W pobliżu schodów drzwi były otwarte, lekko uchylone.

To był pokój, o którym Paul powiedział, że jest niedostępny.

Paul chciał, żebym posprzątała wszystkie pokoje oprócz tego pokoju.

Ciekawość Cristiny sięgnęła zenitu.

Wciąż słuchałem, jak Paul pisze na górze.

Chciała zajrzeć do sekretnego pokoju.

Chciał poznać małe sekrety Paula , nieważne jak małe.

Była nim zainteresowana.

Interesował ją mężczyzna, któremu służyła od tygodni.

Zrobił kilka spokojnych kroków w stronę drzwi.

Wetknęła głowę.

Pokój był ciemny.

Włączył włącznik światła i pokój został jasno oświetlony.

Ku zaskoczeniu Cristiny sypialnia okazała się najmniej eleganckim miejscem w domu.

Ale wszystkie wyglądały jak antyki.

Wszedł i rozejrzał się.

Były różne drewniane i metalowe urządzenia.

Projekty wydawały się pochodzić z czasów średniowiecznych.

Urządzenia wydawały się wystarczająco duże, aby osoba mogła na nich usiąść lub położyć się.

Na ścianie wisiały różne bicze i łańcuchy.

Na pobliskim stole leżało wiele lin.

Cristina dotknęła palcem metalowego urządzenia.

Przejechał po nim palcem i spojrzał na niego.

Czubek jego palca był pokryty cienką warstwą kurzu.

Pokój nie był używany od dłuższego czasu.

– Nie powinno cię tu być – powiedział Paul z tyłu.

Cristina była zaskoczona dźwiękiem jego głosu i podskoczyła.

Odwróciła się i zobaczyła Paula stojącego przy drzwiach.

"Oh przepraszam."

- Czy nie mówiłem, że ten pokój jest poza twoimi obowiązkami? – zapytał, swobodnie wchodząc do środka.

- Wiem. Ale były otwarte i byłam ciekawa. Pomyślałam, że może chcesz, żebym je wyczyściła.

„Nie. Planowałem później sam to wyczyścić".

Krystyna przełknęła ślinę.

„Twoje jedzenie jest gotowe. Zaczyna stygnąć".

– To może poczekać – odparł, wchodząc do pokoju, żeby obejrzeć urządzenia . – Pewnie zastanawiasz się, co to wszystko jest.

„Wygląda jak średniowieczna sala tortur".

– Prawie masz rację. Niektóre z tych rzeczy zostały zbudowane wieki temu, w średniowieczu. Ale niekoniecznie do tortur.

— Więc po co?

- Przyjemność. Przyjemność seksualna - odpowiedział bez ogródek.

Krystyna była zaskoczona.

„Nie mogę sobie wyobrazić, jak. Te rzeczy wyglądają tak boleśnie”.

"O to chodzi."

„Więc są to zasadniczo urządzenia do niewoli?”

Zgodził się.

„Te fetysze istnieją od wieków. Czy możesz uwierzyć, że te urządzenia zostały zbudowane dla rodzin królewskich i szlachty?”

„Nie zdziwiłbym się. Większość bogatych ludzi jest trochę zdeprawowana”.

Uniósł brew.

— Czy to obejmuje mnie?

- O nie, nie miałam na myśli ciebie - wycofała się szybko.

"Tylko żartowałem."

Krystyna odprężyła się.

„Oczywiście. Więc dlaczego wszystkie te rzeczy są zamknięte w tym pokoju? Dlaczego nie sprzedasz ich do muzeum czy coś takiego?”

„Może kiedyś. Ale na razie piszę o nich w mojej książce. Planowałem też zrobić im zdjęcia. Dlatego sala była otwarta”.

„Twoja książka musi być interesująca”.

- Mam taką nadzieję - odpowiedział. „Pisałem o seksie. Rodzaj dominacji i niewolnictwa seksualnego”.

Krystyna uniosła brwi.

„Naprawdę? Nie wyglądasz na mężczyznę do takich rzeczy”.

- Więc na jakiego faceta wyglądam?

„Nie wiem. Delikatny. Truskawkowy. Bez urazy”.

- Bez urazy – odpowiedział. „Byłem zupełnie inną osobą wiele lat temu. Nie zawsze byłem taki samotny”.

"Co się zmieniło?"

Paul potarł palcami metalowe urządzenie.

„To długa historia. Możesz przeczytać moją książkę, kiedy skończę ją pisać".

„Cóż, nie mogę się doczekać. Wygląda na to, że masz kilka ciekawych historii do opowiedzenia".

– Czy wiesz, kim jest mistrz? spytał.

– Tylko podstawy – wzruszył ramionami. – Facet, który rządzi kobietami. Bicze. Łańcuchy. Klapsy. Tego typu rzeczy, prawda?

- Mniej więcej. Byłem Mistrzem wielu uległych kobiet. Pięknych kobiet o mrocznych pragnieniach.

– Uderzyłeś ich? zapytała zaciekawiona.

"Czasami."

– A co z tymi urządzeniami? zapytała. – Czy używałeś ich kiedyś na swoich niewolnikach?

„Czasami. Ale metody nie są ważne. Nie chodzi o klapsy ani urządzenia. Chodzi o poddanie. Dają mi swoje ciała. I robię z nimi, co chcę. W końcu przyjemność jest obustronna".

Krystyna milczała przez chwilę.

Spojrzał Paulowi prosto w oczy i wiedział, że każde jego słowo było prawdą.

Wiedziała, że Paul miał w tym doświadczenie.

Wiedziała, że to było coś, co Paul pragnął zrobić ponownie.

– Twoje jedzenie stygnie – powiedział.

— Czy to wszystko, na czym ci zależy?

Zamarła na chwilę.

– No cóż, zatrudniłeś mnie do cateringu, prawda?

- Jesteś mądrą dziewczyną - powiedział z lekkim uśmiechem. – Zaczynasz mnie lubić.

Paul podszedł i przyjaźnie poklepał Cristinę po ramieniu.

Potem odwrócił się i wyszedł z pokoju, podczas gdy Cristina była zdezorientowana niezręcznym spotkaniem.

Poszła za nim do jadalni i patrzyła, jak je.

ROZDZIAŁ 7

Później tej samej nocy.

To był telefon, którego Cristina obawiała się przez ostatnie kilka miesięcy.

"Jak?!" – zapytała Krystyna.

„Wreszcie nadszedł czas" – odpowiedziała jej matka. „Twój ojciec i ja nie będziemy już dłużej wspierać cię finansowo. Uważamy, że jesteś wystarczająco dorosły, by radzić sobie sam".

– Zdajesz sobie sprawę, że życie w mieście jest drogie, prawda?

„Kochanie, nikt nie zmusza cię do mieszkania w mieście. Zawsze możesz przeprowadzić się bliżej domu i znaleźć coś tańszego do życia".

– Nie, dziękuję – westchnęła Cristina.

– Nie wiem, dlaczego zachowujesz się tak zdziwiony. Zwracałem ci uwagę przez ostatnie kilka miesięcy. Kiedy byłem w twoim wieku, ja...

„Czasy się zmieniły mamo. Widziałaś wiadomości? Ta sytuacja ekonomiczna jest trudna. Koszty życia są szalone"

„Ale twój biznes się rozkręca" – odpowiedziała jej matka.

"Ledwie."

„Jeśli chcesz odnieść sukces, musisz być trochę bardziej zorientowany w biznesie. W mieście jest tak wielu potencjalnych klientów. Wszystko, co musisz zrobić, to ich znaleźć. Jesteś świetnym kucharzem i dobrym człowiekiem. w tobie, Cristino".

„Tak, masz rację. Myślałem o skontaktowaniu się z różnymi firmami, aby sprawdzić, czy potrzebują cateringu na przyjęcia".

– To duch przedsiębiorczości – odparła z dumą matka.

„Gdyby życie było takie proste".

„Dobre rzeczy przychodzą, gdy jesteś wytrwały. Skoro już o tym mowa, nadal pracujesz z Paulem? Jak leci?"

– Idzie dobrze – powiedziała niejasno Cristina.

Czy to wszystko? Jakieś ciekawe szczegóły?

„Niezupełnie. Gotuję dla niego pięć dni w tygodniu. Płaci mi dużo pieniędzy za moje usługi. To trochę dziwny facet".

„Patrz, kto mówi" – żartowała jej matka.

"Śmieszny."

„Tylko żartuję. Masz rację. Paul wydaje się być trochę zdystansowany. Jest jednak mądrym facetem".

„Ona jest zdecydowanie interesującą osobą" – odpowiedziała Cristina. – I zapewnia mi zatrudnienie. Więc nie mogę narzekać.

„Ty też nie powinieneś. Jeśli chcesz, aby Twoja firma się rozwijała, zawsze musisz uszczęśliwiać swoich klientów. U mnie to zawsze działało".

Krystyna zatrzymała się na chwilę.

- Wiesz, właśnie podsunąłeś mi pomysł.

– Nie jestem pewien, czy podoba mi się ten dźwięk.

"Dziękuję mamo. Jesteś najlepsza."

„Cóż, uważaj, Cristina. Zawsze jestem przy tobie. Kocham cię".

"Ja też cię kocham mamo."

Po zakończeniu rozmowy Cristina miała silne poczucie determinacji.

Była zdeterminowana, by odnieść sukces bez pomocy rodziców.

ROZDZIAŁ 8

Następnego dnia.

Cristina czekała uważnie, podczas gdy Paul jadł lunch.

Sprzątała kuchnię i zajmowała się dla niego pracami domowymi.

Kiedy Paul skończył jeść, wróciła do jadalni i wzięła od niego talerz.

Zanim Paul zdążył wyjść, stanęła przed stołem w jadalni w pełnej szacunku postawie.

– Zastanawiałam się – powiedziała Cristina, składając ręce. „Ten układ naprawdę dobrze się sprawdził. Zajmowałem się większością twoich posiłków i pracami domowymi , więc możesz skupić się na swojej pracy".

Paul cofnął się, wiedząc, że nadchodzi propozycja.

„Zgadzam się. To działa dobrze. Lepiej niż się spodziewałem".

„Więc jak byś się czuł, gdybym chciał rozszerzyć tutaj swoje zadania? Oczywiście za dodatkowe pieniądze".

„Już teraz robisz więcej, niż potrzebuję. A ja już płacę ci niezwykle hojną pensję".

– Doceniam to – powiedziała uprzejmie Cristina. - Ale odniósłbyś więcej korzyści, gdybym zrobił dla ciebie więcej rzeczy. Dotyk kobiety jest zawsze przydatny dla samotnego mężczyzny.

Paweł zamyślił się na chwilę.

— To ciekawe. Kontynuuj.

- Jestem pewien, że jest wiele innych rzeczy, które mógłbym dla ciebie zrobić.

"Jak co?"

Cristina zamyśliła się na chwilę.

„Cóż, to zależy od ciebie. Może mógłbym wyczyścić te urządzenia w zamkniętym pokoju. Ten pokój był zakurzony. Mógłbym zrobić dodatkowe sprzątanie. I może mógłbym urządzić przyjęcie dla ciebie".

„Dlaczego tak nagle zależy ci na większej ilości pieniędzy?" — zapytał Paweł.

„Myślę, że mógłbyś wykorzystać dotyk kobiety. Pomyśl o wszystkich przyjęciach, które mógłbyś urządzić. Ludzie pokochaliby to jedzenie. Twoje życie towarzyskie byłoby wspaniałe".

„Powiedz mi prawdę. Po co ci dodatkowe pieniądze?"

Cristina zatrzymała się na chwilę.

„Moi rodzice nie zamierzają dawać mi więcej gotówki. A czynsz w tym mieście jest przytłaczający. Jeśli jest coś jeszcze, czego potrzebujesz, żebym tu zrobił, chętnie to zrobię".

Paweł ze współczuciem skinął głową.

„Lubię cię jako osobę, Cristina. Ciężko pracujesz i dobrze się przy tym bawisz. Ale nie zamierzam dawać ci pieniędzy za darmo, zwłaszcza, że już sowicie ci płacę".

„Rozumiem", odpowiedziała Cristina, starając się ukryć smutek. „W każdym razie dziękuję za wysłuchanie. Wrócę jutro".

„Jeszcze nie osiągnąłem punktu końcowego" – dodał. „Spróbuję coś wymyślić. Coś odpowiedniego dla twoich umiejętności i atrybutów. Kiedy coś znajdę, dam ci znać i zostaniesz za to nagrodzony. Brzmi uczciwie?"

Uśmiechnęła się.

"Brzmi wspaniale".

ROZDZIAŁ 9

Mijały dni.

Paul nigdy nie złożył oferty.

Cristina nigdy go o to nie prosiła, bo nie chciała przeszkadzać.

Jak zwykle przygotowywała lunch dla Paula.

Paul zszedł do jadalni wcześniej niż zwykle.

Usiadł i czekał, podczas gdy Cristina wciąż wszystko przygotowywała.

– Wygląda dobrze – powiedziała, kiedy Cristina przyniosła talerz z jedzeniem.

Naprawdę wydawało mu się, że to dziwna chwila, żeby jej pogratulować.

„Dziękuję. To pieczona jagnięcina z dodatkiem pieczonych warzyw".

Paul zajął miejsce obok niej.

– Usiądź. Jest coś, co chcę z tobą omówić.

Cristina usiadła i czekała na to, co ma do powiedzenia.

– Przemyślałem twoją prośbę o więcej pracy – powiedział. „Zwłaszcza o potrzebie kobiecego akcentu tutaj. W każdym razie, przejdę od razu do pościgu, mógłbym wykorzystać niektóre z twoich inspiracji do mojego pisania".

„Inspiracja? Jak to?"

„Może mógłbyś mi pozować. Ostatnio zmagam się z blokadą pisarską i mógłbyś mi pomóc z czymś do oglądania".

Cristina zrobiła zaniepokojoną minę.

„Jesteś pewien, że nie chcesz, żebym urządził dla ciebie przyjęcie czy coś? To prawdopodobnie zadziała lepiej".

- Nie jestem zainteresowany urządzaniem przyjęcia - odparł, odchylając się na krześle. „Przepraszam, tak tylko zapytałem. To było niestosowne".

Zamyśliła się na chwilę.

– Ile pieniędzy byś zaoferował?

"To wszystko zależy."

"Z?"

– Z pracy, którą będziesz wykonywać – powiedział. „Nigdy wcześniej nie zatrudniałem modelki. Ale wiem, że pomogłoby mi to w pisaniu".

– Och, będę o tym pamiętał.

– Nie. Błędem było prosić. Jeśli nie masz nic przeciwko, chciałbym coś teraz zjeść. Mam inne rzeczy do zrobienia później.

"Zrobię to!" Krystyna pękła.

"To?"

„Praca modelki, którą mi zaoferowałaś. Nikt się nie dowie, prawda? To pozostaje ściśle między nami, prawda?"

– Zgadza się – zgodził się. „Nie będzie o tym żadnego zapisu. Potrzebuję tylko inspiracji".

"Jestem zainteresowany."

Paweł lekko westchnął.

„Chyba nie rozumiesz. Pospieszyłem się z moją propozycją. Nie sądzę, żeby moje upodobania były dla ciebie".

"Dlaczego nie?"

- Bo wyglądałeś tak niekomfortowo w pokoju dominacji.

Cristina była trochę zdziwiona.

Nagle zdała sobie sprawę, że Paul szuka inspiracji do swoich historii o dominacji.

Ale niezależnie od tego myślał o pieniądzach.

„Mogę się nauczyć, jak się z tym pogodzić" – odpowiedziała. „Po prostu daj mi czas. Dopóki nikt się nie dowie, nic mi nie będzie".

Paul posłał mu długie, sceptyczne spojrzenie.

„Jak sobie życzysz. Zgłoś się tutaj jutro o wpół do ósmej rano.
"Dziękuję."
Cristina wstała i wyciągnęła rękę do uścisku.
Paul wyciągnął rękę i uścisnął jej dłoń.

ROZDZIAŁ 10

Później tej samej nocy.

Cristina była w kuchni przygotowując posiłki na następny dzień.

Wiedziała, że następnego dnia nie będzie miała na to czasu, ponieważ Paul spodziewał się, że będzie tam o wpół do ósmej rano.

Kiedy wszystko było przygotowane, Cristina spojrzała na siebie w lustrze.

Zastanawiała się, czy jest wystarczająco ładna, by być modelką dla Paula.

Zastanawiał się, jakie niespodzianki będą w pokoju.

Czy to będzie słodkie, czy nie.

I zastanawiał się, o jakich pieniądzach mówimy.

Paul zawsze był hojny w płatnościach finansowych.

Przede wszystkim zastanawiała się, ile dominacji chciał zobaczyć Paul.

Racjonalna strona Cristiny kontrolowała sytuację: pieniądze są dobre.

I nikt nigdy się nie dowie.

Mój mały sekret z Paulem.

Rozebrała się i przymierzyła kilka ładnych strojów przed lustrem w sypialni.

W końcu zdecydowała się na prostą żółtą sukienkę.

Nie było to zbyt odkrywcze.

Nie był też zbyt pruderyjny.

To był szczęśliwy środek.

Uczesała włosy i zastanowiła się, ile nałożyć makijażu.

Więc postanowiła tego nie robić.

Sprawiłoby to, że sytuacja byłaby zbyt niezręczna.

Wszystko było gotowe.

Była gotowa do pracy.

ROZDZIAŁ 11

Ranek następnego dnia.

Cristina pojawiła się w domu Paula kwadrans po ósmej.

Chciała się upewnić, że została przygotowana z wyprzedzeniem.

Miała na sobie swoją żółtą sukienkę.

Jej włosy były starannie ułożone, a twarz oczyszczona z makijażu.

Była już naturalnie ładna.

Po tym, jak Cristina umieściła pojemniki z jedzeniem w lodówce w kuchni, usiedli razem w prywatnym pokoju na drewnianych urządzeniach.

"Co masz na myśli?" – zapytała Krystyna.

„To zależy. Jakie są twoje granice?"

Krystyna wzruszyła ramionami.

- Nie wiem. Nigdy wcześniej nie robiłem czegoś takiego.

– W takim razie myślę, że lepiej się dowiemy.

Oczy Cristiny ponownie omiotły wzrokiem pokój.

To był najnudniejszy pokój w całym domu.

Ściany były gładkie.

Ale istniały starożytne urządzenia o różnych rozmiarach i kształtach.

Wszyscy wyglądali tak groźnie.

„Będę miał otwarty umysł" – powiedział. „Ale ja nie lubię bólu. I nie chcę, żebyś naciskał na mnie zbyt szybko. Nie ma potrzeby się spieszyć. Dobrze?"

Zgodził się.

„Dziękuję za wyjaśnienie. Powinieneś wiedzieć, że jestem bardzo cierpliwym mężczyzną. Robiłem to przez wiele lat z niezliczonymi uległymi kobietami. Nigdy nie naciskam dalej, dopóki ona nie jest gotowa".

Te słowa wywołały dziwne uczucie wzdłuż kręgosłupa Cristiny.

Nie mogłem przestać myśleć o wyrażeniu „uległe kobiety".

W ciągu kilku chwil zdała sobie sprawę, że równie dobrze mogłaby znaleźć się w takiej samej sytuacji jak te „uległe kobiety".

- Okej - zgodziła się. „Dziękuję. Więc jak powinniśmy zacząć?"

Paul wstał i zaczął powoli chodzić po pokoju, oglądając każde z urządzeń, podczas gdy Cristina siedziała w skromnej pozycji.

Patrzył na każde urządzenie w sposób, który denerwował Cristinę.

– Czy byłeś kiedyś związany? — zapytał Paweł.

Krystyna potrząsnęła głową.

"Oczywiście, że nie."

"Czy chiałbyś być?"

„Nie wiem".

Wskazał na drewniany stół.

"Dlaczego nie spróbować?"

- Nie wiem - wzruszyła nerwowo ramionami.

„Czy to dla ciebie za dużo? Muszę coś zobaczyć, żeby się zainspirować. Patrzenie, jak tam siedzisz, niewiele mi pomoże".

Cristina powoli wstała i wzięła głęboki oddech.

"Zrobię co chcesz."

„Jesteś pewna? Cristina, nie chcę, żebyś zrobiła coś, z czym nie czujesz się komfortowo. Mogę znaleźć inny sposób, żeby ci się odwdzięczyć".

Wzięła kolejny głęboki oddech.

„Nie, jestem pewien. Osiągnęliśmy porozumienie w sprawie modelowania i zamierzam iść dalej".

"Jesteś pewny?"

„Tak, całkowicie".

– Więc się połóż – powiedział Paul, wskazując na drewniany stół.

Stół wyglądał na boleśnie niewygodny.

Wyglądał na stary i rustykalny.

Był jednak na tyle niski, że można było na nim spokojnie leżeć.

Po obu stronach stołu stały stare metalowe pręty, co sprawiło, że Cristina poczuła się nieswojo.

Odkładając uczucia na bok, oparła się o stół.

Było to bolesne i nieprzyjemne, tak jak się spodziewała.

Była przekonana, że stół służy do tortur, a nie do przyjemności.

Zastanawiał się, jak ktokolwiek może czerpać przyjemność z czegoś takiego.

Położył się na środku stołu i patrzył prosto w sufit.

– Zwiążę ci nadgarstki – powiedział, stając na jej głowie.

Milczała przez chwilę, patrząc na stojącego nad nią Paula.

– Okej – odpowiedziała, unosząc nadgarstki. "Do przodu."

Paul delikatnie ujął jej nadgarstki i przyłożył je do metalowego pręta na stole.

W barze było zimno, tak jak się spodziewała.

Tekstura na jej skórze nie była zbyt gładka, co było oznaką, że batonik został wykonany dawno temu, przed nowoczesnymi maszynami.

Poczuła, jak jej nadgarstki są przywiązane do drążka grubą liną.

Cristina nie zadała sobie trudu, żeby spojrzeć.

Utkwiła wzrok w suficie.

"Boli?" spytał.

"Nie czuję się dobrze."

Jego kroki było słychać w całym pokoju.

Cristina nie raczyła spojrzeć na Paula.

Zastanawiał się jednak, co musi myśleć Paul.

Paul pomyślał, że widok jej w ładnej sukience ze związanymi nadgarstkami musi być ekscytujący.

– Opowiedz mi jeszcze raz – powiedział. „Jaki jest twój limit?”

Przełknęła.

„Tylko nie rób mi krzywdy”.

– Czy mogę otworzyć twoją sukienkę? zapytał cicho.

"Nie, nie to."

– W takim razie przypuszczam, że masz inne ograniczenia – odparł z lekkim rozbawieniem.

"Chyba."

"Mogę Cię dotknąć?" spytał. „W porządku, jeśli odmówisz. Ale skoro zaszliśmy tak daleko, z pewnością wyglądasz atrakcyjnie".

– Jeśli chcesz – odpowiedział z zakłopotaniem.

„Nie chodzi o to, czego chcę. Chodzi o to, z czym czujesz się komfortowo".

Przez chwilę walczył ze swoimi myślami.

„Czuję się z tym dobrze. W porządku. Śmiało, jeśli chcesz. Mam na myśli, że jest mi z tym dobrze".

- Jesteś pewna, Cristino? Nie chcę cię naciskać, jeśli nie czujesz się komfortowo.

„Dopóki ty, wiesz..."

– O ile rekompensuje ci to finansowo? — zapytał na wpół rozbawiony.

Jego ton i frazowanie sprawiły, że Cristina poczuła się jeszcze bardziej nieswojo.

– Tak – odpowiedziała.

„Nie musisz się o to martwić".

Cristina spodziewała się bardziej sarkastycznego żartu w odpowiedzi, ale Paul skończył mówić.

Podszedł do niej, gdy nadal leżała na stole.

Cristina widziała, jak patrzy na jej ciało.

Była wyraźnie zdenerwowana.

Nie wiedziała, co planuje.

Jego oczy ucztowały i błądziły po jej ciele.

W końcu zdecydowano.

I wykonał swój ruch.

Paul sięgnął w dół i dotknął kolana Cristiny.

To był nagły dotyk, który ją zaskoczył.

Wzdrygnęła się.

– Wszystko w porządku, Christino?

- Nic mi nie jest. Po prostu nie spodziewałem się tego.

Przesunął dłonią dalej w dół jej uda.

Jego ręka wsunęła się głębiej, aż znalazła się pod jej żółtą spódnicą.

Cristinę to niepokoiło, ale też sprawiało, że mrowiła między nogami.

Jego oczy nadal były skupione na suficie.

– Czy masz coś przeciwko, jeśli pojedziemy dalej? spytał. – Już zaszliśmy tak daleko.

- Śmiało. Nie obchodzi mnie to.

"Jesteś pewny?"

"Jestem pewien."

Paul podniósł spódnicę Cristiny i popchnął ją do góry.

Jej majtki były odsłonięte.

Paul wsunął rękę pod majtki Cristiny.

Oczywiście znowu się wzdrygnęła, ale powstrzymała się.

Ręka Paula potarła jego krocze.

Ciało i stopy Cristiny napięły się.

– Musisz się zrelaksować – powiedział Paul. – W przeciwnym razie na niewiele się to zda.

"Dobrze."

Cristina starała się rozluźnić swoje ciało.

Jego oczy pozostały na suficie.

Była zbyt zawstydzona, by spojrzeć na Paula.

Po prostu pozwoliła mu pogłaskać się po kroczu.

Jęknęła, gdy Paul bawił się jej łechtaczką.

To był ruch, którego się nie spodziewał.

Jego naturalnym odruchem było wyciągnięcie ręki i odciągnięcie ręki Paula, zakrycie się i uderzenie Paula w twarz, ale liny wokół jego nadgarstków były napięte.

Delikatnie szarpnęła, ale bezskutecznie.

– Próbujesz się wydostać? — zapytał Paweł. - Jeśli chcesz się wydostać, po prostu mi powiedz, a natychmiast cię rozwiążę.

„Przepraszam. To była reakcja odruchowa".

- Cóż, nie reaguj w ten sposób. Nie o taką reakcję mi chodzi.

– Już dobrze, przepraszam.

Palce Paula poruszały się wściekle okrężnymi ruchami po jej spuchniętej łechtaczce.

Cristina nie miała innego wyjścia, jak tylko westchnąć.

Była zbyt zszokowana, by ukryć swoje uczucia.

Palce nie ustały.

To była miła przyjemność.

Zamknęła oczy i pławiła się w przyjemności Paula.

To było uczucie mrowienia, które przepływało przez jej ciało.

- Widzę, że jesteś blisko - powiedział. „Zrelaksuj się. To już prawie koniec".

Z wciąż zamkniętymi oczami, Cristina pozwoliła sobie cieszyć się palcami Paula, gdy rozkoszowały się jej delikatną małą łechtaczką.

Minęły chwile, zanim palce Cristiny zesztywniały.

Z jej ust wydobywały się krótkie jęki.

Jego oczy się zacisnęły.

Jego mięśnie się skurczyły.

To był zasłużony orgazm dla wszystkich stresów w jej życiu.

W końcu jej ciało się rozluźniło i Paul zdjął rękę z jej majtek.

Przesunął jej sukienkę z powrotem na właściwe miejsce.

Poklepała Cristinę po udzie, jakby zrobiła coś dobrze.

– Z pewnością ci się podobało – powiedział Paul, zaczynając rozwiązywać jej nadgarstki.

Cristina poczuła się wolna.

Prostując się, potarła nadgarstki, które były lekko zaczerwienione i obolałe od liny.

Uczucie orgazmu pomogło przeciwdziałać bólowi.

- Podobało mi się – odpowiedziała. „Było miło. Naprawdę miło. Boże, dawno się tak nie czułem. To znaczy nie tak dobrze jak ty".

„Cieszę się, że ci się podobało. Przywołało wiele wspomnień, które pomogą mi w pisaniu. Byłeś dla mnie cudowną małą inspiracją".

- Zawsze cieszę się, że mogę ci służyć.

— Znakomicie — zgodził się. – Na pewno dodam premię do twojego czeku pod koniec miesiąca. Myślę, że zarobiłeś na to dodatkowe pięć tysięcy dolarów.

Co zaskakujące, Cristina poczuła wstyd.

Wiedziała, że Paul chciał dobrze.

Docenił dodatkowe pięć tysięcy, czyli znacznie więcej, niż się spodziewał.

Ale ogarnęło ją poczucie winy, jakby właśnie sprzedała swoje ciało i swoją seksualność za łatwe pieniądze.

To sprawiało, że czuła się nieczysta i brudna.

- Nie jestem dziwką – wypaliła, po czym natychmiast tego pożałowała.

- Nigdy nie powiedziałem, że jesteś.

— Przepraszam — odpowiedziała. „Naprawdę wszystko doceniam. Ale nigdy nie używałem swojego ciała w ten sposób, żeby zarobić pieniądze".

Paul potrząsnął głową, rozczarowany sobą.

„Nie przepraszaj. To moja wina. Pospieszyłem się z tobą. Nie powinienem był prosić cię, żebyś była dla mnie modelką".

Cristina wstała i poprawiła sukienkę.

„Podobało mi się" — powiedział. „Naprawdę. Ale to było dla mnie trochę dziwne. Może następnym razem zrobimy to innym razem? Tylko trochę wolniej".

- Nie sądzę. To najwyraźniej nie jest dla ciebie.

Cristina spojrzała nieśmiało, gdy uczucie orgazmu wciąż przepływało przez jej ciało.

- Zrobię ci teraz lunch - powiedział.

- Mogę to zrobić sam. Możesz iść.

Skinęła posłusznie głową.

"Cieszę się, że to zrobiliśmy."

– Ja też – odpowiedział. „Ale nigdy więcej nie powinniśmy tego robić. Do zobaczenia w poniedziałek".

Cristina skinęła głową, wiedząc, że Paul podjął już zdecydowaną decyzję.

Teraz zapanowała między nimi subtelna niezręczność.

Po wymianie jeszcze kilku słów wyszła, zastanawiając się, co myśli o niej Paul.

CZĘŚĆ TRZECIA
NOWA PRACA

ROZDZIAŁ 12

Później tej samej nocy.

Cristina usiadła przed komputerem i szukała sposobów pozyskiwania nowych klientów.

Wysłał co najmniej tuzin e-maili do różnych firm, aby promować swoją działalność cateringową.

Nie spodziewałem się zbytniej odpowiedzi, ale warto było spróbować i nie miałem nic do stracenia.

Dzwonek telefonu.

To jego matka zadzwoniła, żeby ponownie sprawdzić.

Odbyli swoją zwykłą pogawędkę i nie było wiele do powiedzenia.

„Prowadzenie własnego biznesu jest trudne" – lamentowała Cristina.

– Spodziewałeś się, że będzie łatwo?

„Nie wiem, czego się spodziewałem. Nie mam nic przeciwko ciężkiej pracy. Uwielbiam gotować dla innych ludzi. Ale, Boże, potrzebuję więcej klientów".

„Z mojego doświadczenia wynika, że biznes jest tym, kogo znasz" — odpowiedziała jego matka. „Wiele interesów pochodzi z kontaktów osobistych. Więc idź tam i spróbuj poznać nowych ludzi zamiast szukać w Internecie".

— Chyba ma sens.

- Chyba? Kiedy się mylę?

„Nie wiem".

– Nie bądź taka przygnębiona, Cristino – powiedziała jej matka. „Wiele osób ma problemy z nowym biznesem. Po prostu próbuj".

"Dzięki mamo."

– Jak tam sprawy z Paulem? Nadal sowicie ci płaci?

– To skomplikowane – westchnęła Cristina. „Ale tak, nadal dobrze płaci".

– Wygląda na skomplikowanego faceta.

– Nie znasz połowy.

Nastała przerwa w słuchaniu telefonu.

– Czy próbował czegoś z tobą? — zapytała ostrożnie matka.

Cristina szybko skłamała.

- Nie ma mowy. Oczywiście, że nie.

– Możesz mi powiedzieć prawdę. Jestem tu dla ciebie.

„Mamo, on nie jest w moim typie. Gdyby kiedykolwiek się poruszył, uderzyłbym go w głowę tym, co ugotowałem tego dnia".

„To brzmi jak duch Cristiny, którą znam" – zachichotała jej matka.

„Mówiąc hipotetycznie, co by było, gdybym to zrobił? To znaczy, jak byś się z tym czuł?"

– Gdyby Paul się poruszył?

– Tak – odpowiedziała Krystyna. "Jak byś się czuł?"

Na linii nastąpiła kolejna przerwa.

„Myślę, że to zależy od ciebie. Jeśli zaprosił cię na randkę, to twoja decyzja".

"Naprawdę?"

„To twoja decyzja, Cristina. Ale gdyby próbował dotknąć twojego tyłka w kuchni, sugerowałbym, żebyś wylała mu na głowę trochę swojego słynnego ostrego sosu".

– Oczywiście, że tak – odparła Cristina sarkastycznym tonem.

– Wygląda na to, że masz coś na sumieniu.

„Już nie. Dzięki mamo, jesteś najlepsza. Muszę cię zostawić".

"Żegnaj, kocham cię."

"Ja ciebie też kocham mamo."

Rozmowa się skończyła i Cristina odchyliła się na krześle.

Pomyślała o Paulu io orgazmie, jakiego doznała tego dnia.

Wciąż żywo pamiętał te uczucia.

Każdy dotyk, każda emocja.

Dotyk twardego drewna na jej ciele.

Dotyk dłoni Paula na jej cipce.

A przede wszystkim orgazm.

Dominacja nigdy nie była jego rzeczą, ale czuł się dobrze.

Przeszukał Internet i wyszukał różne hasła.

Kiedy prowadziła badania, poczuła się znowu jak studentka college'u.

Zrobił kilka poszukiwań na temat niewolnictwa i jego przyjemności.

Oglądała różne obrazy.

To ją ponownie podnieciło i zsunęła rękę w dół majtek.

ROZDZIAŁ 13

W poniedziałek rano.

Cristina starała się dobrze wyglądać, kiedy poszła do domu Paula.

Miała na sobie niebieską sukienkę, a jej włosy były starannie uczesane.

Paul nie zwrócił zbytniej uwagi na jej wygląd, gdy otworzył drzwi, by ją wpuścić.

"Możemy rozmawiać?" – zapytała Krystyna. – Mam na myśli interesy.

"Oczywiście."

"Świetnie. Czekaj."

Cristina włożyła jedzenie do kuchni i poszła do przestronnego salonu, w którym siedział Paul.

Usiadła naprzeciwko niego.

- Dużo myślałem przez weekend - powiedział. „O naszym związku".

– Ja też – powiedział, nie dając jej dokończyć myśli. „Myślę, że powinniśmy mieć to za sobą. Jest dla mnie jasne, że nasze relacje biznesowe zostały naruszone. Już zacząłem szukać zamiennika dla moich artykułów gospodarstwa domowego".

Cristina zamarła na chwilę, gdy wiadomość powoli do niej dotarła.

„Co? Nie. Nie tego chciałem".

„Myślę, że tak będzie najlepiej" – odpowiedział. „Jesteś genialną młodą kobietą. Znajdziesz swoje miejsce na tym świecie".

Zdumiony wyraz pozostał na jej twarzy. "

To nie jest to, co spodziewałem się usłyszeć. Myślałem, że nasza rozmowa będzie wyglądać zupełnie inaczej".

"Czego oczekiwałeś?"

– Przyszedłem tutaj, żeby ci powiedzieć, że jestem zainteresowany kontynuacją tego, co zrobiliśmy w zeszły piątek.

Uniósł brew.

- Naprawdę? A dlaczego tego chcesz?

– Czy naprawdę muszę to mówić?

"Tak."

Wzięła głęboki oddech.

„Oczywiście lubię tu pracować. Podobają mi się korzyści. Myślę, że jesteś świetnym szefem, najlepszym, jakiego mogłem mieć. A to, co zrobiliśmy w zeszłym tygodniu w pokoju, bardzo mi się podobało. Myślę, że na początku byłem przerażony, ale myślałem intensywnie i nie miałbym nic przeciwko, gdybyśmy kontynuowali".

"Ciekawy."

"Więc uważasz?" zapytała.

„Nie jesteś tak nieśmiały, jak myślałem. Nigdy bym się nie spodziewał, że przyjdziesz i powiesz mi te rzeczy bezpośrednio. Jestem pod wrażeniem".

Uśmiechnęła się, „dziękuję".

„Co powinno stać się dalej?"

– Nie wiem – niezręcznie wzruszył ramionami. „To zależy od ciebie. Ale chciałbym, aby nasza relacja biznesowa była kontynuowana".

„Bądź dzielna, Cristina. Powiedz mi, co będzie dalej. W tej chwili. Chcę wiedzieć, co masz na myśli. Zrób mi niespodziankę".

Zebrała się na odwagę i spojrzała na Paula z determinacją.

Usta miała zaciśnięte, a nos lekko drgnął.

Jej oczy były utkwione w Paulu, który był stoicki, czekając, aż zrobi coś odważnego.

Cristina wstała i wygładziła sukienkę dłońmi.

Jego palce owinęły się wokół ramiączek jej sukienki.

Odsunęła ramiączka na bok i poruszyła ciałem, pozwalając sukience opaść na podłogę.

Stała przed Paulem w białym staniku i majtkach, z piękną sukienką wokół kostek.

"Co robisz?" – zapytał bez emocji.

„Pokazuję swoje zaangażowanie w pracę".

„Być może źle mnie zrozumiałeś. Nie wydaje mi się, żeby to była właściwa ścieżka dla ciebie".

– Nie każesz mi przestać – odparła. – I nie słyszę też, żebyś narzekał.

Oczy Paula błądziły po jej skąpo odzianym ciele.

Była przeciętnej budowy, trochę szczupła.

Małe piersi i wąskie biodra.

Było jasne, że rzadko ćwiczył, ponieważ jego napięcie mięśniowe było słabe.

- Jesteś całkiem atrakcyjny - zauważył.

Zdjęła sukienkę i zrobiła kilka kroków do przodu, aż znalazła się dokładnie przed Paulem.

– Oto umowa – powiedział odważnie. „Nowa umowa. Będę twoim wyłącznym dostawcą. Będę też twoim modelem, kiedy tylko uznasz to za konieczne. Możesz mnie zmusić do przyjścia, jeśli chcesz. Jeśli poczuję się naprawdę dobrze, zwrócę ci przysługę za darmo. "

Uniósł brew.

– Odwdzięczysz się?

„Sprawię, że dojdziesz. Za darmo. Nie jestem prostytutką. Pomyśl o tym jako o gratyfikacji od wdzięcznego odbiorcy".

„Brzmi jak niezwykła relacja biznesowa".

– I tak już przekroczyliśmy granicę – powiedział.

– Będę musiał to rozważyć.

Cristina sięgnęła w dół i chwyciła nadgarstek Paula, przynosząc rękę do majtek.

Dotknął zewnętrznej strony jej majtek i potarł między nogami.

– Myśl szybko – powiedziała. „W przeciwnym razie wycofam ofertę".

Uśmiechnął się półgębkiem.

„Odważna nowa Cristina. Podoba mi się".

"Ja też."

Paul mocniej przycisnął palce do majtek Cristiny.

Jęknęła pod wpływem tego gorącego dotyku.

Jęknęła jeszcze bardziej, kiedy Paul wsunął rękę w jej majtki, dotykając jej nagiej cipki.

Była podniecona i nie było co do tego wątpliwości.

- Jesteś mokra - zauważył, patrząc na nią.

"Ja wiem."

„Zdejmij stanik. Pozwól mi się zobaczyć".

Cristina sięgnęła, by odpiąć stanik i rzuciła go na sofę.

Jej sterczące małe piersi zostały uwolnione.

Jej sutki były różowe i małe.

Zimne powietrze i wyraźne podniecenie seksualne szybko ich zahartowały.

Oparła się pokusie zakrycia piersi rękami, ponieważ zawsze czuła się niepewnie na piersi.

Ale starała się być dzielna i wypchnęła pierś do przodu.

"Podobają Ci się?" zapytała.

„Uwielbiam piersi każdej kobiety. Każdy jest wyjątkowy i wyjątkowy na swój sposób. Twój nie jest wyjątkiem. Są cudowne".

„Dziękuję mojemu Panu".

" Panie?" – zapytał retorycznie. – Myślę, że wiesz, co lubię.

"I co lubisz?" zapytała z zakłopotaniem.

"Nieruchomość."

"Oh..."

Paul obiema rękami ściągnął majtki Cristiny na podłogę, pozostawiając dziewczynę całkowicie nagą, od stóp do głów.

Wstał i wziął Cristinę za rękę.

– Chodź za mną – powiedział. – Jest coś, co chciałbym ci pokazać.

Poprowadził Cristinę korytarzem, trzymając ją za rękę w romantyczny sposób.

Cristina była zdenerwowana, ale kontynuowała.

Wiedziała, że zmierzają w stronę pokoju niewoli.

Ta myśl ją podekscytowała i zdenerwowała.

Drzwi były uchylone i Paul je otworzył.

Zapalił światło i weszli do środka.

Powietrze było zimne, przez co sutki Cristiny były jeszcze twardsze.

Rozejrzała się dookoła i zastanawiała się, co zaplanował Paul.

— Masz nowy zestaw obowiązków — powiedział Paul. „Oczekuję całkowitego posłuszeństwa. Oczekuję, że zawsze będziesz nagi. Zrozumiano?"

"Tak, rozumiem."

– Pochyl się nad stołem – powiedział. „Na brzuchu. Zwiążę cię. Chcę, żebyś znowu spuścił".

"Tak jest."

Cristina spojrzała na przerażający stół.

To był inny stół niż poprzednio.

Ale wydawało się to równie nieprzyjemne i bolesne.

Drewno wyglądało na stare, podobnie jak metalowa rama.

Nie było sensu narzekać.

Zrobiła, jak jej kazano, i położyła na drewnianym stole nagie piersi i brzuch.

To było bardziej niewygodne niż się spodziewałem.

Drewno było chłodne i piekło jej wrażliwe sutki.

Jego oczy wbiły się w ziemię.

Słyszała, jak Paul krąży po pokoju, zanim do niej podszedł.

– Zamierzam cię związać – powiedział. „Rozluźnij ręce i nogi. Jest to prosty proces, jeśli jesteś spokojny".

"Dobrze."

– Jesteś pewien, że tego chcesz?

– Tak – odpowiedziała.

"Ponieważ?"

„Ponieważ chcę znów dojść".

Krystyna nie otrzymała odpowiedzi.

Zamiast tego poczuła, jak Paul przywiązuje jej kostki do zimnej metalowej ramy stołu.

To było niewygodne i trochę przerażające.

Każdy węzeł był bardzo ciasny.

Lina była gruba, co raniło jego skórę.

Ten sam proces przeprowadzono na jego nadgarstkach.

Każdą lalkę przywiązano do metalowej ramy w ten sam sposób.

Kiedy skończył, jego kostki i nadgarstki były mocno przywiązane do stołu.

Leżała twarzą w dół, z odsłoniętym brzuchem, a jej piersi mocno przyciskały się do drewnianej powierzchni.

Świadomość, że dała Paulowi absolutną władzę nad swoim ciałem, była dość przerażającym uczuciem.

Była wyraźnie i całkowicie bezradna.

Coś uderzyło ją w goły tyłek.

Wydawał się twardy, ale jednocześnie miękki.

Nie byłem pewien, co to było.

Potem poczuła, jak palce Paula ocierają się o jej plecy.

– Nie masz nic przeciwko, jeśli dotknę cię w ten sposób? – zapytał, znając odpowiedź.

"NIE."

"Dobrze. Podoba mi się twoja skóra. Jesteś bardzo delikatna..."

Dłoń Paula błądziła po jej pupie, dotykając każdej krzywizny.

Mocnymi dłońmi masował każdy z jej pośladków.

Potem znów poczuła, jak coś twardego dotyka jej pośladków.

Miał gładką, zakrzywioną powierzchnię.

"Co to jest?" zapytała.

„To wibrator. Czy kiedykolwiek wcześniej go używałeś?"

"NIE."

– Chciałbyś to poczuć?

„Jestem na to otwarty".

"Dobra dziewczynka."

Nagłe brzęczenie zabrzmiało w pokoju i sprawiło, że Cristina przeszedł dreszcz.

Wzrok miał utkwiony w ziemię, gdy słuchał brzęczenia.

Jej ciało szarpnęło się gwałtownie w chwili, gdy brzęczenie dotknęło czubka jej łechtaczki.

To było bolesne, w zły sposób iw dobry sposób.

Próbowała z tym walczyć, walcząc z linami, co było bezużyteczne.

Brzęczenie ustało.

— Skończymy to? spytał.

„Nie. Proszę, nie. Przestanę się ruszać".

„Kontroluj się, Cristino".

Brzęczenie powróciło, gdy wibrator został ponownie uruchomiony.

Dotknął jej łechtaczki, a Cristina zrobiła wszystko, żeby nie ruszać się.

Walczyła z pragnieniem walki, akceptując uczucie wibracji w jej najbardziej wrażliwym miejscu.

To sprawiło, że jej palce zwinęły się gwałtownie.

Zacisnął zęby, gdy jego szczęka się zamknęła.

Jego pięści zacisnęły się mocno.

Torturowanie jej łechtaczki wibratorem było ostatnią rzeczą, jakiej się spodziewała.

Brzęczało i brzęczało.

Końcówka wibratora była trzymana na jej łechtaczce, aż myślała, że eksploduje.

Tuż przed tym, jak miała krzyczeć z bólu, Paul poruszył wibratorem i wepchnął go w jej cipkę.

To było surrealistyczne uczucie.

Minęło dużo czasu, odkąd weszli w nią czymkolwiek innym niż palcami.

Wibracja wewnątrz jej cipki była mieszanką bólu i przyjemności.

Paul zręcznie pchał i ciągnął zabawkę erotyczną.

Cristina starała się nie krzyczeć.

– Bawisz się tym? zapytał żartobliwie.

Krystyna westchnęła.

"Ja... ja... eee..."

"Tak lub nie?"

„Tak! Boże, tak".

Paul wepchnął urządzenie głębiej w cipkę Cristiny, sprawiając, że westchnęła jeszcze bardziej.

Prawie zabrakło jej tchu, kiedy w pełni wszedł w jej ciało.

Jego ręce i nogi szarpały za liny, ale bezskutecznie.

Została uwięziona z potężnym wibratorem w jej mokrej pochwie.

"Jesteś blisko?" spytał.

Walczyła o słowa.

"Tak, prawie..."

– Biegnij dla mnie, kochanie.

Wibrator został wepchnięty i wciągnięty w cipkę Cristiny bez litości.

Starała się rozluźnić swoje ciało, co zawsze ułatwiało jej orgazm.

Robiła, co w jej mocy, aby rozluźnić mięśnie pochwy, pozwalając Paulowi zrobić to, na co ma ochotę.

Jej orgazm był bliski z powodu wibratora.

I był to orgazm niepodobny do żadnego, jaki kiedykolwiek czuła.

Bycie związanym i laniem, podczas gdy wibrujący przedmiot wbijał się w jej cipkę, było potężną kombinacją.

Palce stóp Cristiny wygięły się bardziej, a pięści zacisnęły mocniej.

Każdy mięsień w jego ciele się skurczył.

Jej sapanie i jęki stawały się coraz ostrzejsze.

"O mój Boże... O mój Boże... O mój Boże..."

Nagle urządzenie zostało przełączone na wyższą prędkość, a wibracje stały się znacznie silniejsze.

Cristina krzyknęła z powodu potężnych wibracji, gdy została wepchnięta i wciągnięta w swoją cipkę.

Ona płakała.

Potem szlochała w niekontrolowany sposób, gdy osiągnęła punkt kulminacyjny.

Fala płynu wytrysnęła z wnętrza jej cipki, robiąc bałagan na stole i pozostawiając kałużę na twardej podłodze.

Z wibratora mocy dochodziło więcej pchnięć, aż płyny ustały.

Paul wyjął wibrator z cipki Cristiny, co wywołało głośny brzęk.

Potem go wyłączył.

Kiedy atak pochwy wreszcie się skończył, cipka Cristiny była ociekającym bałaganem.

Jej wilgoć była jak mała orgazmiczna rzeka.

Jej cipka lśniła od wydzieliny pochwowej.

Stół był mokry.

A płyny spadały na podłogę jak cieknący kran.

Cristina była ledwo przytomna, gdy powoli odzyskiwała spokój.

To był zdecydowanie najlepszy orgazm, jakiego kiedykolwiek doświadczyła w swoim życiu.

Usłyszał kroki Paula zbliżające się do jego głowy.

Paul pochylił się i pocałował ją we włosy.

Zastanawiała się, dlaczego Paul jeszcze jej nie rozwiązał.

- Jesteśmy... jesteśmy... skończeni... - zdołał wykrztusić.

- Jeszcze nie. Pamiętasz swoją obietnicę?

"Który z nich?" jęknęła.

„Powiedziałeś, że jeśli sprawię, że dojdziesz, odwdzięczysz się za przysługę. Więc jak się czułeś po orgazmie?"

- Kurwa... niewiarygodne - wypalił.

Paweł uśmiechnął się do niej.

„Dobra dziewczynka. A teraz, czy masz ochotę odwzajemnić przysługę?"

– Tak, proszę pana. Czy zamierza pan mnie rozwiązać?

„Lubię cię w tej pozycji".

Cristina usłyszała dźwięk otwieranych spodni Paula.

Wiedziała dokładnie, czego chciał Paul.

Wciąż stał obok jej twarzy, co oznaczało, że nie był zainteresowany jej rżnięciem, przynajmniej nie tego konkretnego dnia.

Podniosła wzrok, gdy Paul zbliżył się do jej twarzy.

Zobaczyła, jak jego twardy kutas celuje prosto w jej usta.

To było oczywiste, czego chciał.

Z pożądliwym sercem Cristina sapnęła, gdy Paul zrobił kolejny krok do przodu, wchodząc między jej usta.

Nie było procesu odczuwania i nie było czasu na dostosowanie.

Paul po prostu wypchnął biodra do przodu, aby Cristina mogła ssać tak, jak powinna dobra uległa.

– Mój Boże. Masz usta jak anioł – powiedział, będąc pod wrażeniem tego, co poczuł na swoim kutasie.

Seks oralny nigdy nie był domeną Cristiny.

Nigdy nie była w tym dobra i nigdy nie lubiła tego robić.

Ale z Paulem bardzo chciała mu się podobać.

Zwłaszcza z potężnym uczuciem orgazmu wciąż przepływającym przez jej ciało.

Jego brak umiejętności nie stanowił problemu, ponieważ jego ciało wciąż było przywiązane do stołu.

Paul wykonał całą pracę, delikatnie poruszając biodrami z boku na bok.

Wszystko, czego potrzebował, to ciepłe usta do pieprzenia.

Wszystko, co Cristina musiała zrobić, to zacisnąć usta wokół twardego członka Paula i ssać.

„Kurwa, idę się spuścić" – warknął Paul. – A ty to połkniesz.

Jego zdolność dowodzenia była ekscytująca dla Cristiny z powodu, którego nie mogła zrozumieć.

Czuł ręce Paula pocierające jego włosy, kiedy ssał.

Poczuł, jak członek w jego ustach sztywnieje jeszcze bardziej.

Robiła, co w jej mocy, by używać języka na jego członku, który, jak jej zawsze mówiono, był przyjemny.

Kutas zatopił się w jej ustach, sprawiając, że się zakneblowała.

Odruch wymiotny był okropny.

Ale Paul wyobrażał sobie, ile Cristina jest w stanie znieść, więc nigdy nie naciskał zbyt mocno.

To oznaka profesjonalisty, pomyślała.

Patrzyła, jak Paul głaszcze się do orgazmu, podczas gdy czubek jego erekcji wciąż znajdował się w jej ustach.

Zacisnęła usta wokół niego.

Paul warknął, głaszcząc ją wściekle.

Kilka sekund później jej język był pokryty nasieniem Paula.

Tryskanie za tryskaniem.

Miał inny smak.

Z trudem przełknęła ślinę, żeby nie dopuścić do przepełnienia ust.

Kilka sekund później przepływ nasienia ustał i Cristina połknęła wszystko.

– Mój Boże – powiedział Paul, wyciągając fiuta z ust. „To było cudowne. Gdzie nauczyłeś się tak ssać?"

Zgarbił się na chwilę, po czym wstał, by zapiąć spodnie.

Potem schylił się, by rozwiązać Cristinę.

Kiedy została zwolniona, pogłaskała własne nadgarstki i kostki, które miały ciemnoczerwone znaczenia.

Szybko zdała sobie sprawę, że wciąż jest zupełnie naga i już jej to nie obchodzi.

Lubiła być naga przed Paulem.

„Naprawdę podobało mi się całe to doświadczenie" — zauważył z przekonaniem.

Paul dotknął jej szyi i pocałował w czoło, a potem znowu w policzki.

W końcu złożył kilka pocałunków na jej włosach.

„Ja też. Nasza współpraca będzie się świetnie układać. Pomyśl o wszystkich możliwościach, którymi możemy się razem dzielić".

"Ja wiem."

„Jesteś jak motyl, który rośnie na moich oczach" – powiedział.

- To wszystko przez ciebie - uśmiechnął się. „A teraz, jeśli mi wybaczysz, przygotowałem coś wyjątkowego na lunch. Spodoba ci się. Jestem pewien, że nabrałeś apetytu, więc lepiej pójdę zrobić to teraz".

Cristina wstała i naga podeszła do drzwi.

W jego chodzie była pewność siebie.

Uwielbiała być naga.

To była zabawa.

Płyny spływały jej po nogach.

Smak nasienia wciąż był w jej ustach.

Potem zatrzymała się, gdy dotarła do drzwi i odwróciła się do Paula, dumna ze swojego nagiego ciała.

Powiedziała mu, żeby nie martwił się bałaganem w salonie, że posprząta później.

Było to częścią jego nowo nabytych obowiązków.

KONIEC

ULEGŁEJ KOBIETY SZEFA KUCHNI
2
THE MASTER CHEF

MICHAEL

79

ROZDZIAŁ I

Od dziecka wiedziała, że chce zostać kucharką.

Bardzo ciężko pracowałam, aby to marzenie się spełniło i wreszcie miałam wszystko, czego chciałam, kiedy serwując posiłki dla Paula, polecił mnie i dostałam stanowisko szefa kuchni w jednej z najlepszych restauracji w Nowym Jorku.

Ale wejście na szczyt miało swoje skutki uboczne w moim życiu osobistym.

W wieku 28 lat mam bardzo niewielu przyjaciół i chociaż miałam kilku chłopaków, żaden z nich nie miał poważnych zainteresowań miłosnych.

Spotkałem Michaela i jego starszego brata Tony'ego na lokalnym targu, na który często chodzę.

Byli współwłaścicielami ciężarówki z jedzeniem i co tydzień otwierali sklep na targu.

Mniej więcej rok po spotkaniu Tony'emu zaproponowano stanowisko szefa kuchni w lokalnej restauracji, a Michael nie chciał sam prowadzić food trucka.

Szef kuchni z mojej restauracji niedawno odszedł, aby dostać kolejną szansę.

Więc zatrudniłem Michaela, żeby go zastąpił.

Od początku bardzo dobrze nam się współpracowało.

Udało nam się utrzymać współpracę, mimo że bardzo mnie do niego pociągał.

Większość ludzi powiedziałaby, że Michael miał normalny wygląd.

Pomyślałam jednak, że jest piękny.

Michael ma około 1,80 wzrostu i ważył około 85 kilogramów.

Ma krótkie, rozczochrane, czarne włosy.

Cały czas nosi pół brody i ma piękne piwne oczy.

ROZDZIAŁ II

Po zamknięciu restauracji na noc Michael, ja i kilka innych osób z restauracji często wychodziliśmy, jedliśmy kolację i piliśmy wino, aby zrelaksować się po długim dniu w pracy.

On jest naprawdę zabawny.

Więc mam nadzieję, że odpuszczę, kiedy nadejdzie czas.

Michael i ja od czasu do czasu wymykaliśmy się pobiegać, kiedy tylko było to możliwe.

Uwielbiam z nim biegać.

Często jest bez koszuli, a jego pot lśni na jego ciele.

Myślę o tym, jak bardzo chciałbym przesunąć językiem po jego spoconym ciele.

Wyobrażam sobie nas oboje gorących i spoconych podczas seksu.

Musiałam jednak otrząsnąć się z tych myśli i skupić się na bieganiu, a nie na nim.

Nie mogłabym mieszać się w związek z kimś, z kim pracuję i który jest jednocześnie moim pracownikiem.

W każdym razie nie wiem, czy by mnie polubił.

Mam 5'6, ważę około 130 funtów, mam falowane włosy do ramion, kilka pieprzyków, a teraz noszę okulary w czarnych oprawkach.

W żadnym wypadku nie jestem zbyt chudy, może i jestem ładny, ale nie jestem piękny.

Nie jestem tym, kogo nazwałbyś marzeniem każdego mężczyzny, przynajmniej tak siebie postrzegałem.

Pewnego dnia szykowaliśmy się do kolacji i Michael był dla mnie zbyt miły.

Zawsze żartowaliśmy i dobrze się bawiliśmy w restauracji, ale dziś było inaczej.

Całą noc znajdował powody, by mnie nadmiernie dotykać.

Jeśli potrzebował czegoś, co było obok mnie, zamiast iść po to, podchodził do mnie od tyłu i klepał mnie po tyłku.

Pewnego razu, kiedy rozmawiałem z innym szefem kuchni, który pracował na stacji naprzeciwko mojej, podszedł do mnie od tyłu i był tak blisko, że czułem ciepło jego ciała.

Słyszałam, jak głęboko oddycha, kiedy wąchał moje włosy.

Czułam jego oddech na karku, co powodowało dreszcze na całym moim ciele.

Innym razem sięgałam po coś na wysokich półkach, co jest częstym problemem niskich dziewczyn takich jak ja, a on podszedł do mnie od tyłu, żeby mi pomóc i otarł krocze o mój tyłek.

Wtedy nie była pewna, co się z nią stało.

Ale cieszyłem się.

Wyobraziłem sobie, jak napiera na mnie w kuchni i pieprzy mnie od tyłu.

Na samą myśl o tym zrobiło mi się mokro.

Starałam się nie dać mu do zrozumienia, że to czuję i modliłam się, żeby nikt inny tego nie zauważył.

Musiałam zachować kontrolę nad kuchnią, a im więcej miałam do zrobienia, tym trudniej było skupić się na wyjęciu tych naczyń na czas w porze obiadowej.

Udało mi się przejść przez usługę, wszystko było dobrze i na czas obsłużone.

ROZDZIAŁ III

Zamykaliśmy się na noc i Martin, pomywacz, wyszedł zostawiając Michaela i mnie, żebyśmy dokończyli sprzątanie.

Kręciło mi się w głowie po tak pracowitym nabożeństwie, a na dodatek Michael przez całą noc trzymał mnie w kroczu i rękoma.

Zastanawiałem się w ogóle, o co w tym wszystkim chodzi.

Nigdy wcześniej nie był ze mną tak fizyczny.

Żartujemy i dokuczamy sobie nawzajem, ale nigdy nic fizycznego.

Skończyliśmy na noc i byliśmy w drodze na spotkanie z innymi współpracownikami i szefami kuchni w naszym ulubionym miejscu na kolację i odpoczynek po pracy.

Zwykle po prostu tam chodziliśmy, ponieważ było to tylko kilka przecznic dalej.

Zamknąłem drzwi i zaczęliśmy iść alejką, a kiedy rozmawialiśmy, poczułem, jak Michael kładzie mi rękę na plecach.

To dobrze, pomyślałem, nie ma tu nic szkodliwego.

Pewnie po prostu się mną opiekuje.

Szliśmy dalej, a jego ręka przesunęła się niżej na mój tyłek i ścisnęła.

Odwróciłam się i krzyknęłam na niego.

„Michael, co ty robisz? Całą noc kładłeś na mnie swoje łapy! Próbowałem to zignorować, myśląc, że przestaniesz albo może nie zdawałeś sobie sprawy, co robisz. Ale to... to jest już to "oczywiste".

Powiedziałem to patrząc na niego moim najlepszym spojrzeniem, teraz musisz mi odpowiedzieć.

Michael rozejrzał się dookoła, jakby próbował znaleźć słowa na wyjaśnienie swojego zachowania.

Potem w końcu przemówił.

„Cristina... podobasz mi się, odkąd spotkaliśmy się na targu rolniczym. Ale nigdy nie mogłem się zmusić, żeby ci to powiedzieć. Nie sądziłem, że dasz szansę takiemu facetowi jak ja". Michał wyjaśnił.

Przerywając mu, zapytałem:

- Więc myślałeś, że możesz mi powiedzieć, że jesteś mną zainteresowany, ściskając mój tyłek?

"Wiem, ale słyszałem, że masz uległą stronę, Cristina, przepraszam, dlatego pieściłem twój tyłek." Przerwał, po czym kontynuował: - A dziś rano, podczas naszego biegu, wydawałeś się tak napalony, że potrzebowałem wszystkiego, by zabrać cię w odosobnione miejsce w parku i przelecieć cię tam. Myślę o tobie cały czas. " "

Byłem na podłodze.

Michael myślał o mnie i uprawiał ze mną seks?

Czy zauważyłeś, że jestem uległa i lubię dominację?

Jak to możliwe?

Uważa, że jestem seksowna i chce mnie przelecieć?

I po całym tym czasie mówisz mi to?

Ukrywałam do niego te same uczucia, bo bałam się odrzucenia i on też się bał odrzucenia.

Czułem się zagubiony w jej wypowiedzi, ale czułem się też wyzwolony.

Możemy to zrobić?

Michael przyciągnął mnie do siebie i spojrzał mi w oczy.

Wyglądało to tak, jakby szukał akceptacji i aprobaty.

Jej usta wyglądały tak apetycznie, jej oczy płonęły głęboko w mojej duszy.

Tak się stało.

ROZDZIAŁ IV

Michael przeczesał dłonią moje włosy, przyciągnął mnie bliżej i pocałował.

To było długie, trudne, namiętne i bardzo gorące.

Odsunąłem się i poczułem się słabo z emocji.

Czułem bicie mojego serca.

„Michael, od dawna tego chciałem. Ja też cię polubiłem od chwili, gdy się poznaliśmy i nie sądziłem, że dasz mi szansę. Potem zostaliśmy tak dobrymi przyjaciółmi, że nie chciałem tego zepsuć ". Powiedział.

„Cristina, podczas tej wspólnej pracy widziałem, jak przejmujesz dowodzenie w kuchni, żądasz szacunku, a personel daje ci go, ponieważ na to zasługujesz. Wszyscy cię kochają. Jesteś królową kuchni. Jesteś idealną Domme . Jesteś ! urocza! Uwielbiam sposób, w jaki chowasz włosy za swoimi uroczymi, małymi uszami. Uwielbiam sposób, w jaki śpiewasz sobie i tańczysz, kiedy myślisz, że nikt nie jest w pobliżu ani nie słucha.

Michał błagał.

„Proszę, nie myśl o sobie tak źle. Bo ja tak nie myślę".

Potem, zanim się zorientowałem, co robię, przyciągnąłem go do siebie i znowu się całowaliśmy.

Nasze ręce były na sobie.

Nie mogłem się już temu oprzeć.

Chciałem go.

potrzebowałam tego

TERAZ!!

Kiedy się całowaliśmy i dotykaliśmy, Michael popchnął mnie na tył budynku.

Zdjął płaszcz mojego szefa kuchni, całując i liżąc moje ucho, a potem szyję.

Jego ręce powędrowały do moich spodni, rozpiął je i powoli rozpiął.

Położyłam ręce na jego ramionach, żeby się uspokoić.

Ukląkł i zdejmując spodnie, pocałował mój brzuch, aż do bioder, a potem wewnętrznej strony ud.

W końcu zdjął ze mnie spodnie i rzucił je razem z płaszczem.

Mój umysł pędził milę na godzinę, moje serce biło szybko.

Nie mogłem uwierzyć, że to się w końcu stanie.

I ze wszystkich miejsc, w których mógł się znajdować, znajdował się za restauracją, w ciemnej uliczce.

Ale już mnie to nie obchodziło.

Tak bardzo chciałam mieć w sobie Michaela.

Moja cipka zaczynała pulsować i robić się mokra.

Michael wtedy spojrzał na mnie dzikim wzrokiem i powiedział:

„Jesteś pewien co do tej Cristiny? Możemy przestać, kiedy tylko chcesz. Po prostu mi powiedz, dobrze?"

Próbując złapać oddech, zapewniłem go:

– Nigdy w życiu nie byłem niczego tak pewien.

ROZDZIAŁ V

Zaczął całować wewnętrzną stronę moich ud.

Pozostawiając ślad miękkich i czułych pocałunków.

Kiedy doszedł do mojej mokrej cipki, wziął głęboki oddech i widziałem, jak się uśmiecha.

Zahaczył palcami pod moimi czerwonymi majtkami i zsunął je, by nie przeszkadzały temu, co czekało go na dole.

Potem zaczął całować całą moją cipkę, ale jeszcze jej nie dotykał.

Mogłam powiedzieć, że dobrze się bawi, nabijając się ze mnie.

W końcu po kilku minutach zanurzył język między fałdami mojej mokrej cipki i zlizał soki, które na niego czekały.

Wplotłam ręce w jego włosy, a on podniósł moją nogę przez jedno ze swoich ramion, by ułatwić sobie dostęp.

Czułem się tak dobrze.

Pożerał moją cipkę.

Rozpoczął rytm, najpierw ssąc moją łechtaczkę, potem pieprząc językiem moją dziurę odbytu, potem liżąc od mojej mokrej dziurki do mojej łechtaczki i zaczynając od nowa.

Robił to w kółko.

Czułem się tak dobrze.

Chciałem włożyć język i palce do odbytu.

Że przycisnął mnie do ściany i mocno zmusił, wkładając swojego kutasa w moje plecy.

Ale nigdy wcześniej nie jadłem w ten sposób.

Michael był bardzo dobry i cieszyłem się każdą minutą.

Nie wiedziałam, ile jeszcze wytrzymam, zanim dojdę.

Potem włożył we mnie palec, wsuwając go i wysuwając, jednocześnie ssąc moją łechtaczkę.

Trwało to jeszcze kilka minut.

I nie mogłem już tego znieść.

„Michael, dojdę do orgazmu, jeśli nie przestaniesz!"

Nie zatrzymywał się, był nieustępliwy.

Zrozumiałem, że chce, żebym przyjechał.

Więc w końcu odpuściłem.

"Aaahhhh, pieprzyć Michaela!" Jęknąłem, gdy doszedłem do jej twarzy.

Moje ciało zadrżało, gdy zalały mnie fale przyjemności.

Michael nie stracił ani kropli moich soków, gdy trzymał się mnie.

Gdy zaczął unosić się do mojego wzrostu, zaczął całować drogę z powrotem do mojego pępka, po czym powoli zdjął moją czarną koszulkę.

Zacząłem się denerwować, że ktoś nas wysłucha.

Rozejrzałem się w obie strony, ale nikogo nie widziałem.

Zdjęłam już swój czerwony stanik.

Moje piersi z miseczki C idealnie pasowały do jego ciepłych dłoni, gdy je ściskał.

Zaczął ssać moje nabrzmiałe sutki.

Od czasu do czasu gryzł je lekko, wysyłając promień przyjemności w moją cipkę.

Pracował na obu moich piersiach, podczas gdy ja drapałam jego plecy i piękny tyłek.

Nie wiem, dlaczego tak długo czekaliśmy, żeby powiedzieć sobie, jak się czujemy, a teraz jesteśmy w ciemnej uliczce i szykujemy się do pieprzenia!

To było dla mnie za wiele, więc przyciągnąłem go bliżej i pocałowałem.

Mógł mnie posmakować w swoich ustach.

Był słodki i wydawało mi się to bardzo nieprzyzwoite i ekscytujące, ciesząc się z nim moimi sokami.

Zacząłem zatracać się w uścisku.

Czułem, że nasze dusze są połączone w sposób, jakiego nigdy wcześniej nie czułem z nikim.

Przerywając moje rozmyślania, nagle odwrócił mnie i stanął twarzą do ceglanej ściany.

Wsunęłam swój tyłek, ściskając jego krocze, błagając, by zrobił to, na co ma ochotę najbardziej.

Rozłożył moje nogi i rozpiął spodnie.

Czułam, jak pociera swoim wielkim, pulsującym kutasem w górę iw dół mojego tyłka, a potem w dół do mojej cipki.

Zatrzymując się na otwarciu mojego seksu.

„ Michał, proszę, złap mnie teraz od tyłu!" błagałem go.

„Czy tego chcesz suko? Cristina, powiedz mi, błagaj, żebym przeleciał cię w dupę"

Zaczął powoli zanurzać czubek swojego penisa w mojej ciasnej dziurce i zwilżać palec moimi sokami, po czym się wycofał.

Nabijanie się ze mnie.

Jego brak szacunku podniecił mnie jak nigdy dotąd.

„Tak, proszę, Panie. Pieprz mnie. Pieprz mnie mocno. Bardzo mocno". Powiedziałem, gdy odwróciłem się trochę i spojrzałem na niego.

Jego oczy były pełne pasji i pożądania dla mnie.

Nagle uderzył we mnie za jednym zamachem.

Dał mi wszystko, co miał, osiem cali w mojej dupie!

Czułem się tak dobrze.

Nie mogłem uwierzyć, jak wielkie i bolesne było to we mnie.

Wypełniając mnie całkowicie.

„Aaahhhh kurwa! Tak, tak, tak! Daj mi to! Mocniej! Pieprz mnie mocniej! Daj mi klapsa!"

Zaczął mnie uderzać w pośladki, przyciskając mnie mocno do ściany.

Jego kutas prawie całkowicie wsunął się w mój odbyt od silnego pchnięcia, które mi dał.

Potem zaczął go wyciągać, zostawiając w środku tylko głowę, i znowu na mnie wpadł.

Zrobił to kilka razy.

Bolało coraz mniej, a przyjemność była coraz bardziej niesamowita.

Oparłam się rękami o ścianę, aby móc dalej trzymać, że brał mnie z taką siłą.

Trzymając jedną ręką moją talię, a drugą ramię, nadal mocno mnie pieprzył.

Potem zwolnił i nabraliśmy rytmu.

Cofałem się, wychodząc naprzeciw każdemu z jego pchnięć.

To było hipnotyzujące i czułem się tak dobrze.

Następnie zdjął rękę z mojego ramienia, dotknął mojej łechtaczki i zaczął nią pracować, kontynuując pieprzenie mnie w dupę.

Czułam, że znowu będę biegać.

Ale musiał wyczuć, jak napinają się moje mięśnie i zatrzymał się.

„Nadal nie możesz dojść, suko, tym razem chcę dojść z tobą, Cristina".

Michael wyszeptał mi obsceniczne słowa do ucha, kiedy wyciągnął swojego wielkiego kutasa z mojego rozszerzonego odbytu.

Następnie ukląkł i zaczął całować mnie w dupę, zaczynając od jej początku, a kończąc na rozszerzonej dziurze.

To mnie zaskoczyło.

Żaden z moich poprzednich chłopaków ani firm, choć było ich niewielu, nie próbował pocałować mnie w dupę.

Ale zawsze zastanawiałem się, jakie to będzie uczucie.

Teraz mam swoją szansę.

Przejął całkowitą kontrolę nad moją cipką, a także moim tyłkiem.

Dotyka odbytu językiem, potem wkłada palec, potem dwa.

Powoli nie spieszyła się z przygotowaniem go dla niego.

Sięgnął i zaczął bawić się moją łechtaczką.

Moje kolana były coraz słabsze.

Cała ta stymulacja była świetna, ale też przytłaczająca.

„Michael, proszę! Więcej tego nie zniosę. Daj mi to, co masz i spraw, żebym doszedł!" – błagałem, dysząc z pożądania. „Ale utrudniaj, chcę, żebyś mnie zdominował. Rób ze mną, co chcesz".

Michael spojrzał na mnie ze zdumieniem i dał mi to, czego chciałem, czego oboje chcieliśmy.

Najpierw włożył swojego kutasa do mojej mokrej cipki, aby ponownie ją nawilżyć.

A potem znowu poczułem to w mojej dziurze. Szybko wsunął głowę do środka i nie czekając, aż będzie gotowa, włożył we mnie całego członka. Już tak bardzo bolało, ale cholera, było tak dobrze.

Poczuł, że się napinam i szybko zaczął się kołysać w przód iw tył, za każdym razem dając mi coraz więcej głębi.

Coraz silniejszy, dzikszy.

Było bardzo gorąco.

Poczułam, jak znowu daje klapsy, bijąc mnie za każdym razem, gdy wsuwa we mnie swojego wielkiego kutasa.

To było wspaniałe!

Poczuł, że bardziej się napinam i zaczął mnie pieprzyć jeszcze mocniej.

Trzymając mnie w talii obiema rękami, wsuwał się we mnie coraz głębiej, aż poczułam, jak jego jądra uderzają w moją mokrą cipkę.

Czułem się tak dobrze.

Przyspieszyliśmy i zabierało wszystko.

Czułem się taki pełny.

Klepnął mój ukarany, zaczerwieniony tyłek w kółko.

„ Ooooohhhh... Aaahhhh... Pieprzyć Michaela... jakiego masz twardego kutasa. Czuję się tak dobrze, proszę, nie przestawaj". błagałem go.

„Suka, nie mam zamiaru w najbliższym czasie przestać. Czujesz się zbyt dobrze, a ja długo na to czekałem. Będę cię pieprzył, aż zemdlejesz". Ne wyszeptał Michael, kiedy uderzył mnie jeszcze raz.

Ale to jego słowa były zapalnikiem.

Zaczął mnie pieprzyć jeszcze mocniej i znowu bawić się moją łechtaczką.

Po prostu nie mogłem dłużej czekać i zacząłem mocno spuszczać.

Z moich ust wychodziły słowa, których nie byłam nawet pewna, czy były spójne.

Czułem, jak pompuje szybciej, a jego kutas puchnie w mojej dupie.

Następnie wypuścił swój ładunek do mojego tyłka, wypełniając go.

Potem sączy się z mojego tyłka, mieszając się z sokami spływającymi po moich udach.

Pompował jeszcze kilka razy, upewniając się, że wszystko we mnie weszło.

Moje ciało wiło się z rozkoszy.

Kiedy oboje skończyliśmy cieszyć się naszymi długo oczekiwanymi orgazmami, upadliśmy na ziemię.

Usiadłam na jego kolanach, odwracając się i próbując pocałować go w twarz.

Spojrzał mi w oczy, a ja w jego piękne, orzechowe oczy.

Oboje nie dowierzali temu, co właśnie zrobiliśmy.

Powoli zsunął się z mojego tyłka.

ROZDZIAŁ VI

Po chwili Michael założył mi włosy za uszy i powiedział:

„Cristina, tak mi przykro, że tak długo zajęło mi powiedzenie ci, co czuję. Ale cieszę się, że czujesz do mnie to samo. Nigdy nie czułem tego do nikogo tak bardzo jak ty".

Kiedy łzy zaczęły spływać po mojej twarzy, ponieważ nigdy wcześniej nie czułem się tak szczęśliwy i zrozumiany, powiedziałem jedyną rzecz, jaką mogłem.

"Czuję to samo!"

Siedzieliśmy tak jeszcze przez kilka minut, trzymając się nawzajem, aż usłyszeliśmy, że ktoś idzie alejką.

Pospieszyliśmy się ubrać i pobiegliśmy w drugą stronę, zanim ktokolwiek mógł nas zobaczyć, pękając.

Kiedy dotarliśmy do restauracji, aby spędzić czas z naszymi przyjaciółmi, wszyscy byli już bardzo podekscytowani.

Zapytali, gdzie byliśmy i wymyśliliśmy jakąś wymówkę.

Nie wydaje mi się, żeby zauważyli nasze głupkowate uśmieszki na twarzach albo zdali sobie sprawę, że dokładnie się pieprzyliśmy.

Nie mogę się doczekać, kiedy wrócę do domu, do Michaela, żeby znów zrobić to tak ciężko.

KONIEC

97

ULEGŁEJ KOBIETY SZEFA KUCHNI
3

LIDIA

ROZDZIAŁ I

Od kilku tygodni wszystko się wali.

Kilka tygodni temu pieprzyłam się z Michaelem tylko w wyobraźni.

Ale od pierwszego seksualnego spotkania Michaela ze mną w alejce za restauracją wszystko się zmieniło.

To, co kiedyś zdarzało się tylko w moich snach, teraz zdarzało się wiele razy w prawdziwym życiu.

Oprócz niesamowitego i dominującego seksu, Michael sprawia, że czuję się wyjątkowa, piękna i pożądana jak nigdy dotąd.

Pochodzę z dużej rodziny, która bardzo mnie kocha.

Ale muszą mnie kochać i mówić, że jestem piękna.

Michael nie musi tego mówić!

Upewnia się, że wie, że jestem dla niego wyjątkową dziewczyną.

Michael i ja spędzamy razem tyle czasu, ile tylko możemy.

Śpimy prawie każdej nocy w swoim mieszkaniu.

Właściwie jest teraz w moim domu.

Nadal śpi w moim łóżku.

Spędziliśmy długą i pracowitą noc w restauracji.

Pomijamy później wyjścia z innymi, jak to zwykle robimy.

Udało nam się również utrzymać nasz romans w tajemnicy w pracy oraz z naszymi przyjaciółmi i rodziną.

Nie planowałem związku z nikim, z kim pracuję.

Chcę się upewnić, że to zadziała, ale nie jestem pewien, jak wpłynie to na mój autorytet jako szefa kuchni.

Więc chcę być ostrożny, dopóki nie będziemy gotowi, aby powiadomić wszystkich.

ROZDZIAŁ II

Jest ósma rano, a ja robię mu jego ulubione śniadanie odkąd był dzieckiem, tylko z osobistym akcentem.

Obejmuje to naleśniki połączone z bananem, ananasem i orzechami włoskimi, zwieńczone bitą śmietaną i kiełbasą na boku.

I zrobiłem kawę.

Wszystkie zapachy ze śniadania mieszają się w powietrzu, dzięki czemu pachnie tu tak dobrze!

Oczywiście nie mam na sobie nic poza jego koszulką i okularami.

Moje włosy są w nieładzie po naszym wielkim pieprzeniu zeszłej nocy, ale staram się trochę je ujarzmić palcami.

Mój ulubiony zespół gra na Spotify

Jedna z moich ulubionych piosenek rozbrzmiewa w całej kuchni.

Kołyszę się z boku na bok, zatracając się w rozdzierającym serce tekście piosenki.

"Wiesz tylko to, co chcę, żebyś wiedział. Wiem wszystko, czego nie chcesz, żebym wiedział. Twoje usta są jak trucizna, twoje usta są jak wino. Myślisz, że twoje sny są takie same jak moje... Och, ja nie Nie wiem. Nie, kocham cię, ale jutro będę. Och, nie kocham cię, ale w przyszłości będę...

„Czego więcej mężczyzna może chcieć z samego rana?" Michael mówi za mną, zaskakując mnie. „Śniadanie, kawa i gorąca dziewczyna w mojej koszulce", po czym gwiżdże na mnie.

Odwracam się i widzę Michaela stojącego w drzwiach kuchni w swoich czarno-szarych spodniach i przebiegłym wyrazie twarzy.

Jego oczy błyszczały jak ogień, wypełnione pożądaniem.

Jej miękkie, soczyste usta rozchyliły się lekko, gotowe do pochłonięcia.

Widzę jego zabawne wybrzuszenie prowadzące do pysznego miejsca, które zdążyłem już dobrze poznać.

Zaschło mi w ustach, patrząc na niego tak bosko.

„Czy to gotowe? Rany, jestem bardzo głodny". Mówi z diabelskim uśmiechem na twarzy.

On doskonale wie, na co mam teraz ochotę i nie jest to jedzenie.

I dwóch może grać w tę grę.

– Jeśli mówisz o śniadaniu, to tak. Mówię mu, kiedy się odwracam i zaczynam ustawiać nasze talerze i filiżanki do kawy. „Dobrze spałeś? Wiem, że tak. Zawsze śpię lepiej, kiedy jesteś w moim łóżku. Zwłaszcza po dobrym seksie!"

- Tak to robisz? Musiałeś więc bardzo dobrze spać ostatniej nocy. Mówi mi z mrugnięciem i krzywym uśmiechem.

Wow, kocham jego usta i rzeczy, które nimi robi.

Podchodzę do małej kuchennej wyspy, na której siedział Michael, i siadam z nim nad naszą kawą, potem nad naszymi talerzami z naleśnikami i kiełbasą.

Kiedy usiadłem, upewniłem się, że lekko dotknąłem go tyłkiem.

„Właściwie spałem naprawdę dobrze ostatniej nocy, dziękuję bardzo. A teraz jedz, mój głodny człowieku!"

Siedzimy obok siebie, od czasu do czasu lekko się dotykając.

Wzięłam palec i przeciągnęłam nim po bitej śmietanie pokrywającej moje naleśniki i powoli go zlizałam, obserwując go przez cały czas.

Widziałem, jak się wierci i wiedziałem, że do niego dojdę.

Jednak Michael starał się to ukryć.

Wziąłem jeden z moich kawałków kiełbasy i zacząłem wysysać z niego sok.

Cieszyłam się każdą kuszącą chwilą drażnienia się z nim.

Trwało to jeszcze kilka minut, aż Michael nie mógł już tego znieść.

Michael wstał i obrócił mnie na stołku tak, że mógł stanąć między moimi nogami i spojrzeć mi głęboko w oczy.

Widziałam, że był bardzo podekscytowany.

Jego erekcja wybrzuszała się ze spodni od piżamy i zbliżał się coraz bardziej do mojej mokrej teraz cipki.

Zaczyna przesuwać rękę w stronę mojej twarzy.

Myśląc, że zamierza założyć mi włosy za ucho, jak zwykle to robi, zanim mnie pocałuje.

Zdziwiłem się, że szedł do przodu.

Pochyla się, bierze trochę bitej śmietany z moich naleśników i przykłada mi koniuszki palców do ust.

„Otwórz" – żąda Michael.

Jest gorący jak diabli, kiedy dominuje.

Otwieram usta, a on przesuwa palcem.

"Teraz ssać." Kontynuuje swoim surowym głosem.

Robię, co mi każe, i zaczynam lizać i ssać jego palec.

Smakowało słodko.

Michael przesunął drugą ręką w górę iw dół mojego uda.

Zbliżała się coraz bardziej do mojej coraz bardziej bolesnej kobiecości.

Nakłada na palec więcej bitej śmietany.

Tym razem umieścił go pod moim uchem, a potem polizał go swoim och, tak miękkim językiem.

"Podnieś ręce". Michał mi mówi.

Znowu robię to, czego żąda.

Potem ściąga mi koszulę z ramion i rzuca ją gdzieś na bok.

Zostawiając mnie całkowicie odsłoniętą.

Moje piersi z miseczki C są teraz nagie, a sutki twardnieją, gdy pieści je chłodne powietrze z wentylatora sufitowego.

Nadal nakłada bitą śmietanę na mój obojczyk, gdzie mam tatuaż przedstawiający latające ptaszki.

Potem liże bitą śmietanę i całuje każdego ptaka.

To sprawia, że się uśmiecham.

Potem Michael przesuwa się w dół, do moich sterczących białych piersi.

Nie spieszy się drażniąc każdy sutek, liżąc i ssąc jeden po drugim.

Jego usta na moich piersiach są rozkoszne i zaczynam jęczeć, gdy delikatnie je przygryza.

Kontynuuje delikatne pocieranie dłońmi moich wewnętrznych ud, co przyprawia mnie o gęsią skórkę na całym ciele.

Potem chwyta mnie w talii i podnosi do lady.

Musiał w pewnym momencie przesunąć mój talerz, nawet tego nie zauważyłem.

Następnie ponownie nakłada bitą śmietanę na palec.

Daje mi miękki, delikatny pocałunek.

Drżę na myśl o tym, dokąd tym razem zmierza z palcem.

Potem powoli wsuwa go w moją ciasną, gorącą cipkę.

Jednak bardzo żartuje z tą grą.

Potrzebuję całej mocy, która jest we mnie, aby nie stracić kontroli.

Ale w końcu uległem jego rytmowi i po prostu pozwoliłem mu masturbować moją cipkę.

Wplatam ręce w jego włosy, podczas gdy Michael nadal atakuje moje usta swoim językiem.

Zaczynam gryźć i pociągać jego dolną wargę.

Słyszę, jak jęczy.

Michael wsuwa kolejny palec i zaczyna nim szybciej pompować, a kciukiem pracuje na mojej łechtaczce.

To jest niesamowite!

„Michael! To takie przyjemne uczucie. Tak... tak trzymaj". błagałem go.

Biorę jedną dłoń i powoli śledzę opuszkami palców jej szyję, ramię, klatkę piersiową.

Kontynuuj śledzenie mojej ręki w dół.

W dół tej seksownej ścieżki, która prowadzi mnie do miejsca, które kocham!

Rozpinam sznurek jej spodni od piżamy i delikatnie ciągnę, gdy opadają na podłogę.

Michael wychodzi z nich i kopie ich.

Zaczynam macać jej idealny tyłek.

Wsuwam paznokcie w dół jego pleców i schodzę w dół, by ponownie znaleźć szczęśliwą ścieżkę.

Tym razem podążałem za nim przez całą drogę, owinąłem małe dłonie wokół jego dużego, twardego kutasa i zacząłem go pompować.

Im szybciej pompuję jego grubego członka, tym szybciej jego palce pracują na mojej cipce.

„ Cristina, jesteś tak cholernie seksowna. Wiesz o tym, prawda?" Powiedział, gdy dalej się całowaliśmy i kiedy nadal mnie pieprzył i bawił się moją łechtaczką.

„Tak, zaczynam w to wierzyć. Ale sprawiasz, że czuję się seksownie". Przyznałem się, gdy walczyłem o opóźnienie orgazmu, który czułem, jak narasta we mnie.

Michael musiał czuć, że zaraz dojdę, kiedy szybko cofnął palce i zatopił twarz w mojej cipce, gdy miał orgazm.

Mocno ssał moją łechtaczkę i przesuwał językiem po moich ustach.

Kiedy zacząłem dochodzić, on nadal lizał soki, które ze mnie wypływały.

Przylgnęłam do jego głowy, trzymając go w miejscu w mojej cipce, kiedy krzyczałam w ekstazie.

Ciągle lizał i ssał, a moje ciało zaczęło się wić, gdy fale przyjemności przemywały moje ciało.

ROZDZIAŁ III

Kiedy moje ciało zaczęło się uspokajać, Michael spojrzał na mnie z błyskiem w oku i szerokim uśmiechem na twarzy i powiedział:

"Moja kolej!"

Michael złapał mnie w talii i ściągnął z lady.

Upewniam się, że stoję stabilnie na nogach, zanim usiądę na stołku.

— Byłoby mi bardzo miło, proszę pana! Powiedziałem z zakłopotaniem, gdy zacząłem opadać na kolana nad nim.

Trzymałem jego wielkiego kutasa w mojej małej dłoni i wtedy przypomniałem sobie bitą śmietanę.

Myślę, że potrzebuje zemsty za grę z wcześniej.

Wstaję, a on mnie obejmuje.

"Jak myślisz, gdzie idziesz?" On mi mówi.

„Zdecydowałem, że jestem głodny czegoś więcej niż tylko twojego penisa". Odpowiedziałem z uśmiechem, gdy szukała bitej śmietany na swoim talerzu.

„Ooooohhhh, to będzie jednocześnie nie do zniesienia i cudowne. Jesteś taki niegrzeczny". Michael odpowiedział, opierając się o blat.

Następnie włożyłem trochę bitej śmietany do jej ust, pocałowałem ją delikatnie i oblizałem resztę jej ust.

Potem nałożyłem trochę na jej sutki i ssałem je.

Przechodząc do wesołej drogi, nałożyłem trochę na jej pępek i wylizałem go do czysta.

Następnie wziąłem jeszcze trochę bitej śmietany i rozłożyłem ją na całej długości ścieżki, która doprowadziła mnie do mojego szczęśliwego miejsca!

Powoli zacząłem go lizać, tam iz powrotem, w górę iw dół, aż znalazłem się na jego wielkim, pięknym kutasie.

Do tej pory Michael już jęczał i kopał mnie, ale jeszcze z nim nie skończyłem.

Biorę trochę więcej bitej śmietany i delikatnie kładę ją na czubku, wzdłuż trzonu i podstawy jego penisa.

Zostawiam go tam, podczas gdy ja trzymam jego jaja i zaczynam je lizać.

Ssę każdą kulkę, gdy patrzę, jak na mnie patrzy.

Widzę w jego oczach, że był wystarczająco torturowany, więc nie będę już złośliwa.

W końcu zwracam uwagę na to, co chciał, żebym zrobiła, o co prosi mnie wzrokiem.

Zaczynając od podstawy, biorę całą bitą śmietanę do ust jednym dużym lizaniem.

Potem powoli obejmuję go ustami, za pierwszym razem biorąc większość członka do ust.

Potem przez chwilę sam zaczynam ssać główkę.

„Kurwa kochanie! Jesteś dla mnie za dobry! Twoje usta są niesamowite!”

Michael ledwie może mówić, zanim znowu biorę go do ust, całego członka.

Więc rozpoczynam atak na jego wielkiego kutasa.

Ssanie i lizanie jego wielkiego kutasa w kółko.

Jestem nieustępliwa, doprowadzam go na skraj orgazmu, a potem przestaję.

„Co ty robisz? Prawie tam byłem! Nie przestawaj”. Powiedział z płonącymi oczami.

- Po prostu nie wiem, czy jestem już głodny. Będziesz musiał mnie błagać, jeśli chcesz, żebym skończył. Wyjaśniłem, lekko przesuwając językiem po czubku jego penisa. "Chcesz więcej?"

„Tak, chcę, żebyś ssała mojego wielkiego, grubego kutasa, aż doprowadzisz mnie do orgazmu, a potem wypij moją spermę i połknij każdą kroplę!” On zamówił.

Potem kontynuował cicho:

"Proszę i dziękuję!"

- Dobrze, skoro tak ładnie powiedziałeś, dam ci, czego chcesz.

Więc znowu zacząłem ssać jego penisa.

Schodziłam do jego jaj, kiedy mnie to zakneblowało.

Byłem bardzo dumny, że udało mi się powstrzymać mdłości i ponownie zaatakowałem jego wielkiego kutasa.

Michael wstał i złapał mnie za głowę, a ja poczułam, jak wali mnie w gardło, kiedy pieprzy moją twarz.

Chwyciłem go za tyłek i przytrzymałem, gdy szedł coraz szybciej i szybciej.

Czułem, jak zaczyna puchnąć w moich ustach.

Wiedziałem, że szykuje się do wysadzenia ładunku, więc mocno się go trzymałem.

„Oooch, tak, pieprzyć Cristinę!" Krzyknął, wpychając swój ładunek do moich ust z wielką siłą.

Gdy wziąłem całą jego spermę i połknąłem ją, Michael warknął i rozkazał:

„Zgadza się, bądź grzeczną dziewczynką i połknij to wszystko kochanie"

Pompował jeszcze kilka razy, gdy ostatnia jego sperma wsiąkła w moje usta czekające na jego wyzwolenie.

Podniósł mnie na nogi.

Pomyślałem sobie, że to dobrze zrobione lodzik.

Jestem pewien, że bardzo ci się podobało.

Michael podniósł moją głowę i czule mnie pocałował i delikatnie pogłaskał po plecach i ramionach.

Następnie klepiąc mnie mocno w tyłek, mówi:

„Jesteś bardzo niegrzeczną dziewczynką, szydząc ze mnie tak, jak to zrobiłaś. Ale nie chciałbym cię mieć w żaden inny sposób".

- Mówię ci to samo, kochanie. Kocham cię. Szepnęłam mu do ucha, jednocześnie masując swędzący tyłek. – Idę dokończyć śniadanie.

Potem pocałowałem go w policzek i skończyliśmy śniadanie.

ROZDZIAŁ IV

Tak było przez większość dni, odkąd jesteśmy razem.

Byliśmy zabawni i uwielbialiśmy ze sobą żartować.

Ale potrafiliśmy też być poważni i delikatni.

Myślę, że różnorodność i dobra zabawa tworzą wspaniałą parę.

Przynajmniej z mojego ograniczonego doświadczenia wynika, że tak między nami działa.

Później tego samego dnia poszliśmy z Michaelem do restauracji, aby przygotować się do dnia pracy.

Byłem w chmurach.

Najpierw od świetnego pieprzenia z poprzedniej nocy, a teraz od zabawnego poranka, który mieliśmy.

Nie mogłem się powstrzymać od uśmiechu.

Nigdy w życiu nie byłem szczęśliwszy.

Po przygotowaniu dań na kolację przyszedł czas na przedstawienie kelnerom dzisiejszego menu.

Kiedy wyszedłem do jadalni, zatrzymałem się.

Tam przy stole z resztą personelu i właścicielką siedziała nowa kelnerka.

Była wysoka, a po jej atletycznej sylwetce mogłem stwierdzić, że bardzo o siebie dbała.

Ma ciemnoniebieskie oczy, które przypominały ocean, rubinowe usta i długie kręcone blond włosy.

Natychmiast poczułam się zarumieniona.

Musiałam się pozbierać, żeby móc opowiedzieć im o menu obiadowym.

Kiedy objaśniała personelowi różne potrawy, a oni wszystko opanowywali, starała się nie patrzeć na nową kelnerkę.

Ale patrzenie, jak wkłada mój widelec do ust i patrzenie, jak się tym cieszy, było takie gorące.

Pociągały mnie jego usta i sposób, w jaki oblizał wargi po kilku kęsach.

Sposób, w jaki zamknęła oczy, lekko jęcząc i odchylając głowę do tyłu, był bardzo gorący.

To było prawie tak, jakby celowo próbowała być seksowna.

W końcu spróbowali wszystkiego i mogli porozmawiać z klientami o dzisiejszym menu z doświadczeniem z pierwszej ręki.

Nie mógł wydostać się z przodu miejsca wystarczająco szybko.

Wyszedłem więc tylnymi drzwiami, żeby trochę ochłonąć po... po... cóż, cokolwiek to było.

Postanowiłem go trochę odkurzyć.

Może to tylko moje hormony czy coś.

To nie jest wielka rzecz.

Potem wróciłem do środka, aby rozpocząć naszą pracowitą służbę.

Nie mogłem się doczekać, aby wyjść i spotkać zwykły tłum przyjaciół i współpracowników w restauracji na kolację.

Jego nerwy były na wierzchu i musiał odpocząć.

ROZDZIAŁ V

Pod koniec wieczoru Michael mnie pocałował i powiedział, że nie idzie dzisiaj na kolację do restauracji.

Ma kilka rzeczy do zrobienia rano i musiał wcześnie iść spać.

Poszedłem więc do restauracji sam.

To typowa restauracja w stylu lat sześćdziesiątych.

Mają maszynę do nagrywania płyt winylowych, która odtwarza losową muzykę.

I mają najlepsze hamburgery i frytki!

To naprawdę trafia w sedno po długiej pracowitej nocy.

Kiedy tam dotarłem, wszystko było prawie martwe.

Było tu kilku starszych mężczyzn, którzy są tu stałymi bywalcami, przy ladzie pili kawę i jedli ciasto.

W jednym kącie siedziało kilku nastolatków, których wcześniej nie widziałem.

Potem była nasza szalona grupa.

"Witam wszystkich!" Krzyczę na nich od drzwi, kiedy widzę ich przy naszym stałym stoliku.

Wszyscy tam byli.

Brat Michaela, Tony, Frankie, szef kuchni z innej restauracji, John, kucharz, i Julia, kelnerka, oboje z restauracji... i... O Boże, to ona!

To nowa kelnerka.

Jak, dlaczego, co...

Nie mogę nawet dokończyć myśli, kiedy zaczynam czuć, jak moje policzki się nagrzewają, a cipka zaczyna mrowić.

Myślę, że Julia musiała ją zaprosić.

To będzie ciekawa noc.

Zobaczmy, jak to idzie.

Mam nadzieję, że nie jestem śmieszny.

Myślę o tym wszystkim, szukając miejsca do siedzenia.

Wtedy wstaje nowa dziewczyna.

„Cześć, mam na imię Lydia, jestem nową dziewczyną. Możesz usiąść obok mnie, jeśli chcesz". Mówi mi z południowym akcentem i miłym uśmiechem.

Patrzę na jej usta, kiedy do mnie mówi.

Potem łapie mnie za rękę i delikatnie ciągnie w stronę stołu.

– Chyba tak. Miło mi cię oficjalnie poznać, Lydio. Jestem Cristina. Powiedziałem jej.

Wsuwam się więc do dużej narożnej szafki, w której siedziała Lydia, a ona siada obok mnie.

Brat Michaela, Tony, jest po mojej prawej stronie, a Lydia po mojej lewej stronie.

Frankie, John i Julia stoją przede mną.

Wszyscy zamówiliśmy nasze jedzenie i napoje.

Lydia opowiada nam o niej.

Pochodzi z południa, co jest oczywiste po jej akcencie.

Przeprowadziła się tutaj, aby wydostać się z małego miasteczka wypełnionego wieloma intensywnymi zainteresowaniami w życiu osobistym.

Powiedział, że nie lubi, gdy ludzie znają się na wszystkich jego sprawach.

Potem natychmiast położył rękę na mojej nodze i ścisnął ją, co oczywiście przyprawiło mnie o dreszcze.

Co on próbuje powiedzieć?

Wydaje mi się, że gdzieś tu jest ukryta wiadomość.

Mówimy ogólnie o pracy i życiu.

Wtedy Frankie zaczyna opowiadać nam przezabawną historię o dziewczynie, z którą niedawno się spotykał, co poszło strasznie nie tak.

Kiedy Frankie opowiada swoją historię, Lydia zaczyna pocierać dłonią moją nogę.

W górę iw dół powoli zbliżając się do moich wewnętrznych ud, a następnie bliżej mojej mokrej teraz cipki.

Mój Boże, jego dotyk jest taki przyjemny.

Rozglądam się i sprawdzam, czy ktoś zauważa, co robią, ale nie.

Dzięki Bogu.

Ale jak mogę się tak czuć?

Kocham Michaela i myślałem, że nie lubię kobiet.

Ale ona mnie teraz podnieca.

Wciąż wyobrażam sobie ją w moim łóżku, całującą mnie... liżącą...

„Wow! To wszystko wygląda tak dobrze, chłopaki. Wszyscy znaleźliście klejnot tego miejsca!" – mówi Lydia, przerywając moje myśli przybyciem jedzenia.

Z ulgą, że jedzenie jest tutaj, zaczynam jeść mojego burgera i frytki.

Chciałbym, żeby Lydia zostawiła mnie teraz w spokoju.

Tak jednak nie jest.

Chociaż nie trzyma już ręki na mojej nodze, bardzo powoli zlizuje sok i sól z palców.

Zauważam, że Frankie i Tony na nią patrzą.

Mam na myśli, że dziewczyna ssie i robi palec.

Pokazuje nam, że ma szalone umiejętności ssania, a teraz są one oczywiste.

Ona mnie tak rozprasza i ekscytuje.

Ledwo mogę zjeść moje jedzenie.

W końcu wszyscy są skończeni, a Frankie próbuje namówić Lydię, by z nim wyszła.

Ale Lydia odrzuca go swoim południowym urokiem.

Więc on i Tony wychodzą, z czymś, co wydaje się być trochę irytujące po pokazie, który właśnie włożyła Lydia.

Julia patrzy na Johna, są razem od kilku miesięcy i mówi:

„Czy jesteś gotowy, aby pójść do mojego domu? Wiem, że jestem!" Mówi z wyraźną obietnicą w oczach.

Potem razem wyjeżdżają.

„Cóż, Lydia, idę do domu. Miło było z tobą spędzać czas. Powinnaś do nas wrócić . Myślę, że odniosłeś sukces!" Powiedziałem jej.

Wyślizguję się z szafki i kieruję do drzwi.

„Tak, myślę, że wrócę. Chodziłeś tutaj? Jeśli tak, mogę iść z tobą. Mieszkam bardzo blisko, bardzo blisko restauracji, ale naprawdę nie lubię być sam o tej porze nocy ". Lydia wyznaje mi prawdę, wychodząc za mną z restauracji.

Wygląda na przestraszoną, ale jest tam coś jeszcze, ale nie jestem pewien co.

„Jasne, mieszkam przecznicę od restauracji, więc jest idealnie". Powiedziałem jej.

Potem łapie mnie za rękę i mówi dziękuję.

Podczas spaceru opowiada mi więcej o swojej rodzinie w domu.

O swoich też mu opowiadam.

Dorastając mieliśmy dość podobne życie.

Naprawdę miło jest rozmawiać o tych rzeczach z kimś, kto rozumie życie w małym miasteczku.

Kiedy zajeżdżamy przed jej dom, ona puszcza moją rękę i odwraca się do mnie, kładąc ręce na mojej talii i mówiąc:

„No cóż, Cristina, dziękuję za odprowadzenie mnie do domu. Miło było z tobą rozmawiać i lepiej cię poznać. Chciałbym cię jednak poznać jeszcze lepiej".

Potem nachyla się i mnie całuje.

Jego usta są tak miękkie i delikatne, jak sobie wyobrażałam.

Jej język zaatakował moje usta, gdy otworzyłem je, by zaprosić ją do środka.

Smakuje jak wiśnie.

Zatracam się w pocałunku.

Jej dłonie dotykają mojego tyłka i popychają mnie w jej stronę.

Szybko jednak wracam do rzeczywistości i uświadamiam sobie, co robię.

Nie mogę tego zrobić, nie Michaelowi.

Odchodzę więc i mówię mu:

„Przepraszam, że dałem ci stopę czy coś, ale mam chłopaka, którego tak bardzo kocham i po prostu nie mogę mu tego zrobić. Myślę, że jesteś piękna i naprawdę miła. Ale... po prostu mogę" T."

„Cristina, jesteś śliczną dziewczyną i nie dziwię się, że kogoś spotykasz. Byłabym zaskoczona, gdybyś tak naprawdę nie widziała". Lydia mi odpowiada.

Nie wiem co mam myśleć.

„Jeśli wiesz, że z kimś jestem, dlaczego się ze mnie droczysz?"

Proszę się wycofać.

„Cristina, zauważyłem twoją reakcję na mnie podczas degustacji menu. Widziałem, jak mi się przyglądasz i jak się zarumieniłaś. Potem pozwoliłaś mi masować sobie nogę w restauracji".

Zaczyna pocierać palcem moje usta.

Następnie kontynuuj:

- Wiem, że myślałeś o mnie. Myślałeś o tym, co chcesz, żebym ci zrobił. Chciałeś, żebym cię tak pocałował.

Potem składa pocałunek na mojej szyi.

„Chcesz, żebym cię dotknął".

Potem kładzie jedną rękę na moim tyłku, prawie w mojej cipce.

„Chcesz, żebym cię wylizał, tutaj"

Następnie położył drugą rękę na mojej cipce i zaczął ją głaskać.

Cieszy mnie to, co ona ze mną robi.

Całować moją szyję, bawić się moją dupą, a teraz moją cipką!

Czuje się tak dobrze, ale jednocześnie psotnie i odważnie.

„Wiem, że mnie pragniesz, Cristina, i możesz odpuścić i pozwolić, by to się stało. Proszę, chodź ze mną. Nie zmuszę cię do niczego, z czym nie będziesz zadowolona. Obiecuję".

Bierze mnie za rękę, a ja idę za nią.

To tak, jakby jego słowa rzuciły na mnie urok.

Ona ma mnie teraz w upale.

Jestem kitem w jego rękach.

ROZDZIAŁ VI

Wchodzimy do jej mieszkania, a ona włącza muzykę.

To był 30 Seconds to Mars, mój ulubiony zespół!

Nie mogłem w to uwierzyć.

Piosenka brzmiała „The Kill".

Dźwięk wypełnia salon.

Zamykam oczy i zaczynam kołysać się w rytm tekstu.

„Podoba ci się ta piosenka Cristina?" – pyta Lydia, podając mi kieliszek białego wina.

„Tak, właściwie 30 Seconds to Mars to mój ulubiony zespół!" Mówię mu, kiedy siada obok mnie na kanapie.

Siedzimy i pijemy nasze wino i słuchamy piosenki.

Lydia stawia swój kieliszek na stole, a potem zabiera ode mnie mój, aby go również odstawić.

Zapala świece stojące na stole.

Potem zwraca na mnie uwagę.

Zaczyna przesuwać wierzchem dłoni po moich ramionach, w górę ramienia iz powrotem na ramiona.

Potem przykłada palce do mojej klatki piersiowej i przesuwa po dekolcie mojej fioletowej koszuli i całuje tam, gdzie były jego palce.

Nagle zrozumiałem, że w tej chwili pragnę tylko jej i niczego więcej.

Chwytam jej podbródek i przybliżam jej twarz do mojej.

Przez chwilę patrzę w jej ciemnoniebieskie oczy, a potem chwytam jej usta swoimi.

Namiętnie pieprząc jej piękne usta.

Moje dłonie są wplecione w jego włosy, gdy delikatnie je pociągam.

„Ahhhhh..." Lydia jęczy w moje usta.

Lydia zaczyna zdejmować mój top, a potem czarny stanik.

Przestaje lizać każdy sutek na mnie.

Potem zdejmuję jej różową koszulkę i różowy koronkowy stanik.

Bóg!

Ona naprawdę ma niesamowite ciało i pełne bogate piersi.

Powinny mieć co najmniej miseczkę D, może podwójne D.

Biorę jej jędrne piersi w usta i ssę jej sutek.

Szczypię drugiego, żeby nie czuł się pominięty.

Kiedy pracuję nad jej piersiami, ona zaczyna rozpinać swoje dżinsy, a potem rozpina moje.

Puszczam jej piersi, a Lydia popycha mnie na kanapę.

Zapiera mi dech w piersiach, wygląda tak seksownie!

Nie mogę uwierzyć, że to się dzieje.

Nie mogę uwierzyć, że coś do niej czuję.

Lydia kładzie palce na mojej talii i ściąga mi spodnie.

Próbuję jej pomóc, próbując ich kopnąć.

W końcu ciągnie je i są wolne od moich stóp.

Leżę tam na jego kanapie, zupełnie naga, z wyjątkiem moich czarnych stringów.

Podnosi moją stopę i zaczyna ssać palce mojej lewej stopy.

Potem całuje moją nogę, wewnętrzną stronę uda.

Następnie zaczyna się od palców u prawej stopy i biegnie w górę nogi do wewnętrznej strony uda.

Miękkie i ciepłe pocałunki rozgrzewają moją skórę.

Oddycham ciężej niż wcześniej.

Czuję zapach kokosowych świeczek, które zapaliłaś wcześniej.

Uwielbiam zapach plaży, a teraz przypomina mi jej błękitne oczy.

Patrzę na nią, a ona patrzy na mnie uważnie, zostawiając ślad pocałunków na mojej bladej skórze.

Kiedy dochodzi do mojej cipki, najpierw liże obie strony moich zewnętrznych ust.

Potem ściąga moje stringi na bok i przesuwa językiem po mojej spuchniętej łechtaczce.

Robi to w kółko.

Iść coraz szybciej.

Potem zanurza język w moich wewnętrznych wargach i zaczyna lizać.

Bierze soki, które są już obecne w mojej mokrej cipce.

Potem znów zaczyna ssać moją łechtaczkę.

„Pieprzyć Lydię! O mój Boże, czuję się tak cholernie dobrze, kochanie" mówię jej między oddechami.

Sięgam w dół i wkładam rękę w jej włosy, a wolną ręką bawię się moimi cyckami.

Ale ona bierze moje ręce i kładzie je po obu stronach mnie i kontynuuje ssanie bez utraty rytmu.

Jest dominująca i nieustępliwa, a to jeszcze bardziej mnie podnieca.

Nadal ssie, a teraz jego palce pracują nad moją mokrą cipką.

Nie wiem, ile jeszcze zniosę, zanim dojdę do orgazmu.

„O mój Boże!" Krzyczę, kiedy moje ciało zaczyna się trząść.

Lydia próbuje chwycić mnie za ręce, gdy poruszam się pod jej sprytnymi ustami.

„Dobrze, odpuść. Przestań się trzymać i znajdź swoje uwolnienie". Ona mnie zachęca.

Jego słowa były tym, co potrzebowałam usłyszeć i odpuściłam.

Puściła moje ręce i trzymała mnie za tyłek, kontynuując jedzenie mojej cipki.

Zacząłem przychodzić bardzo silny.

Moje ciało drgało.

Zaczęły mnie zalewać fale ekstazy.

Odpływałem coraz dalej od rzeczywistości.

Dopóki nie skończyłem najbardziej niesamowitego orgazmu, jaki kiedykolwiek miałem w życiu.

ROZDZIAŁ VII

Kiedy złapałem oddech, Lydia pocałowała mnie w dół mojego ciała, nie spiesząc się z moimi cyckami.

Potem podszedł i dalej całował mnie w usta.

Mogłem w niej posmakować soków.

Smakowało tak słodko zmieszane z jej wiśniowym błyszczykiem, że miałam wrażenie, jakby to było na niej. Teraz.

Zapach mieszających się świec znów mnie podekscytował.

Chwyciłem ją i obróciłem tak, że była pode mną.

Pocałowałem ją mocno, gryząc i ciągnąc jej dolną wargę.

To sprawiło, że jęknęła.

Przyłożył dłoń do mojej twarzy i kciukiem potarł mój policzek.

To było takie słodkie i sprawiło, że się uśmiechnęłam.

Przez chwilę patrzymy sobie w oczy.

Więc zacząłem całować ją w ucho.

Przygryzając i ssąc lekko płatek jego ucha.

Zaczyna nucić.

Podobał mi się dźwięk, jaki wydawał, ponieważ lubi to, co robię.

Zacząłem się poruszać i całować ją w dół szyi, przez obojczyk aż do klatki piersiowej.

Ona bawi się moimi włosami.

Liżę między jej ogromnymi piersiami, wdychając jej zapach, tak jak ja.

Następnie idę w dół do jej pępka.

Ma napięty brzuch z niesamowitym abs.

Liżę jej pępek i wkładam język.

Potem ruszam dalej na południe.

Całuję jej biodra, a potem mały pas startowy, który prowadzi do jej mokrej cipki.

Biorę głęboki wdech, a ona tak ładnie pachnie.

Jej nucenie staje się głośniejsze, gdy po raz pierwszy lizam cipkę tej kobiety.

Smakowała słodko jak brzoskwinia.

Podniosłem wzrok, żeby zobaczyć, czy mu się to podoba, a jego oczy były zamknięte, usta otwarte i zdałem sobie sprawę, że dyszy.

Wygląda na to, że sprawia jej to przyjemność.

Ciągle liżę i badam jej cipkę językiem.

Znajduję jej łechtaczkę i szybko przesuwam po niej językiem, a potem zaczynam ją ssać.

Ręce Lydii natychmiast kierują się do mojej głowy, gdy daje mi znak, abym kontynuował.

Więc dalej ssę jej łechtaczkę.

Następnie wsuwam palec w jej cipkę.

Jest bardzo ciasno.

Nie mogę przestać się zastanawiać, czy kiedykolwiek była z mężczyzną.

Pracuję nad jej cipką, aż trochę ją rozluźnię, a potem wsuwam kolejny palec.

Ciągle ssę i liżę jej łechtaczkę, kiedy pieprzę ją palcami.

Następnie wkładam kciuk do jej ciasnej dziurki w dupie i zaczynam ją pocierać.

Trwa to chwilę i zaczynam czuć, jak się trzęsie.

Wiem, że jest blisko, więc naprawdę szybciej zaczynam wsuwać i wysuwać palce z jej ciasnej cipki.

Mocniej ssę jej łechtaczkę i szybciej masuję jej tyłek.

Mocniej chwyta moją głowę i zaczyna wciskać się w jej miednicę, gdy robi się twarda.

Jej soki zaczynają się z niej sączyć, a ja biorę tyle, ile mogę złapać w ustach.

Zaczyna schodzić z orgazmu, więc delikatnie pieszczę jej ciało, gdy zaczyna się wić.

przestaję.

Podnoszę rękę i całuję.

„To było niesamowite, Lydia! Uwielbiałem patrzeć, jak dochodzisz w ten sposób!" Powiedziałem.

„Jesteś pewien, że nie interesują cię kobiety? Pewne jest to, że wiesz, jak używać tych swoich ust!" Zapytała mnie.

„Nie, nie byłem zainteresowany. Ale mam nadzieję, że to nie będzie ostatni raz, kiedy to robię!" Mówię mu z chytrym uśmiechem na twarzy wraz z jego sokami.

„Mam nadzieję, że też nie. Chcę, żebyś robił mi to jeszcze wiele razy!" Lydia powiedziała z usatysfakcjonowanym uśmiechem.

KONIEC

131